소설 쓰는 기술

소설 쓰는 기술

이디스 워튼 지음 박경선 옮김

Edith Wharton
The Writing of Fiction

읽히는 이야기는
어떻게 써야 하는가

소설 쓰는 기술

읽히는 이야기는 어떻게 써야 하는가

초판 1쇄 2023년 3월 17일
지은이 이디스 워튼 **옮긴이** 박경선
펴낸곳 젤리클 **펴낸이** 정철수
등록 2022년 9월 7일 제2022-000056호
전화 02-3141-1917 **팩스** 02-3141-0917
이메일 imaginepub@naver.com
블로그 blog.naver.com/imaginepub
인스타그램 @imagine_publish
ISBN 979-11-982414-0-5 (03800)

• 젤리클은 이매진의 문학과 에세이 브랜드입니다.

일러두기

• Edith Wharton, *The Writing of Fiction*, 1925를 우리말로 옮겼습니다.

• 모든 주는 옮긴이와 편집자가 달았습니다.

• 원서에 없는 소제목과 찾아보기를 넣어 읽기 쉽게 꾸몄습니다.

차례

1장

—

**일반적인
이야기**

I

거리에서 영혼으로

소설 쓰기의 실제에 관해 말하는 일은 소설이라는 예술에서 가장 새롭고 가장 유동적이며 가장 덜 체계화된 부분을 다루는 일입니다. 기원을 찾아가는 여정은 늘 매혹적이죠. 그러나 근대 소설을 요셉과 형제들 이야기[01]에 연관 지으려는 시도는 순전히 역사적 관점에 따른 접근일 뿐입니다.

근대 소설은 소설의 '행동action'이 거리에서 영혼으로 옮겨진 때 본격적으로 시작됐습니다. 첫걸음은 아마도 17세기에 마담 드 라파예트[02]가 《클레브 공작 부인La Princesse de

---

01 가나안 출신 요셉이 형제들 사이에서 미움을 사 노예로 팔려가지만 훗날 이집트의 총리가 돼 가족을 다시 만난다는 《성경》 속 일화.

02 라파예트(Madame de La Fayette·1634~1693)는 프랑스의 작가다. 《클레브 공작 부인》(1678)과 《탕드 백작 부인(Histoire de la Comtesse de Tende)》(1724) 등을 썼다.

^{Clèves}》이라는 길지 않은 이야기를 쓴 순간일 듯해요. 절망적인 사랑과 무언의 금욕을 담은 이 작품 속에 묘사된 삶들이 전하는 우아한 대의는 수면 아래 서로 꼬리에 꼬리를 무는 숱한 환희와 고통에도 쉬이 흐트러지지 않습니다.

그 뒤 소설은 남성 주인공, 여성 주인공, 악당, 엄한 아버지 등 관습을 따르는 꼭두각시에 지나지 않던 인물들이 이 새로운 내면의 드라마 속에서 뚜렷이 식별되는, 생생히 살아 숨 쉬는 인간 개개인으로 변모하면서 한걸음 더 나아갔습니다. 이 흐름은 프랑스 소설가 아베 프레보[03]가 《마농 레스코^{Manon Lescaut}》를 쓰면서 이어졌죠. 그러나 프레보가 묘사한 인물도 근대 소설에 처음 나타난 걸출하고도 끔찍한 인물이 주인공으로 등장하는 《라모의 조카^{Neveu de Rameau}》[04]에 견주면 요약적이고 도식적으로 느껴집니다. 오노레 드 발자크[05]나 표도르 도스토옙스키[06]보다 드니 디

---

03 프레보(Abbe Prevost·1697~1763)는 프랑스의 소설가로, 《마농 레스코》(1731) 등을 썼다.

04 18세기 프랑스의 철학자이자 작가인 드니 디드로(Denis Diderot·1713~1784)가 쓴 소설이다.

05 발자크(Honoré de Balzac·1799~1850)는 프랑스의 소설가로, 《외제니 그랑데(Eugénie Grandet)》(1833), 《고리오 영감(Le Pere Goriot)》(1835), 《골짜기의 백합(Le Lys Dans La Vallee)》(1836) 등을 썼다.

06 도스토옙스키(Fyodor Mikhailovich Dostoevsky·1821~1881)는 러시아의 소설가다. 《죄와 벌(Преступление и наказание)》(1866), 《카라마조프가의 형제들(Братья Карамазовы)》(1880) 등을 썼다.

드로가 먼저 추악하고 냉소적이며 처량하리만치 인간적인 인물을 창조하고 18세기식 꼭두각시들이 나오는 재기 발랄한 이야기들을 숱하게 썼지만, 그 사실은 작가가 죽고 나서야 드러났습니다.

그러나 근대 소설은 발자크와 스탕달[07]이라는 두 위대한 천재 덕분에 《마농 레스코》나 《라모의 조카》하고 다르고, 알랭 르네 르사주,[08] 대니얼 디포,[09] 헨리 필딩,[10] 토비아스 스몰렛,[11] 새뮤얼 리처드슨,[12] 월터 스콧[13]하고도 차별화됩니다. 디드로라는 놀라운 예외를 빼면, 발자크는 등장

---

07 스탕달(Stendhal·1783~1841)은 프랑스의 소설가로, 《적과 흑(Le Rouge et le Noir)》(1830) 등을 썼다.

08 르사주(Alain-René Lesage·1668~1747)는 프랑스의 소설가이자 극작가로, 희극 《튀르카레(Turcaret)》(1709)와 피카레스크식 소설 《질 브라스 이야기(Histoire de Gil Blas de Santillane)》(1715~1735) 등을 썼다.

09 디포(Daniel Defoe·1660~1731)는 영국 근대 소설의 선구자로 받아들여지며, 《로빈슨 크루소(Robinson Crusoe)》(1719~1722), 《몰 플랜더스(Moll Flanders)》(1722) 등을 썼다.

10 필딩(Henry Fielding·1707~1754)은 영국 소설의 아버지로 불린다. 《조지프 앤드루스(The History of the Adventures of Joseph Andrews and his Friend, Mr. Abraham Abrams)》(1742), 《톰 존스(The History of Tom Jones, a Foundling)》(1749) 등을 썼다.

11 스몰렛(Tobias Smollett·1721~1771)은 스코틀랜드 출신 시인이자 소설가로, 《로더릭 랜덤의 모험(The Adventures of Roderick Random)》(1748) 등을 썼다.

12 리처드슨(Samuel Richardson·1689~1761)은 영국 근대 소설의 개척자로, 《파멜라(Pamela: or, Virtue Rewarded)》(1740), 《클라리사 할로(Clarissa Harlowe)》(1747~1748) 같은 서간체 소설을 썼다.

13 스코틀랜드 출신인 스콧(Walter Scott·1771~1832)은 역사 소설의 창시자로 여겨진다. 《웨이벌리(Waverley)》(1814), 《아이반호(Ivanhoe)》(1819), 《떠돌이 윌리 이야기(Wandering Willie's Tale)》(1824) 등을 썼다.

인물들이 저마다 살아가는 습성 속에서 육체적으로든 도덕적으로든 취미와 결함을 지닌 존재라는 사실을 발견하고 독자에게 이런 점을 처음으로 보여줬을 뿐 아니라, 등장인물이 자기 집, 거리, 동네, 직업, 습관, 견해하고 맺는 관계는 물론 인물들 사이의 우연한 만남에서도 극적 행동을 처음으로 도출해낸 작가였습니다.

발자크는 이런 사실주의에 우선순위를 부여하는 방식은 스콧이 끼친 영향이고 작품을 쓸 때 떠오르는 영감의 주된 원천도 스콧이라고 공공연히 밝혔어요. 그러나 발자크가 지적한 대로 시야에 들어오는 다른 나머지 부분을 탐색하는 데는 그토록 예리하고 직진하던 스콧도 사랑과 여성을 이야기할 때는 관습적이고 위선적으로 돌변했죠. 지나치게 통속적이던 하노버 왕조 이후 점잖은 겉치레가 물결처럼 영국을 휩쓸고 스콧도 격정passion을 감상sentimentality으로 대체하면서, 여성 주인공을 무미건조한 '기념품'으로 만들어버렸거든요. 반면 발자크식 사실주의의 단단한 표면에서는 흠집을 찾아보기 힘듭니다. 작품 속 여성, 어린이, 늙은이는 실존 인물처럼 살아 숨 쉬며, 수전노, 금융업자, 사제, 의사 못지않게 인간적 모순으로 가득하고 인간다운 격정으로 갈가리 찢긴 인물로 나옵니다.

스탕달은 여느 18세기 작가들처럼 분위기나 '지방색'에 도통 관심이 없기는 해도 등장인물을 개인화하는 데는 철저히 현대적이고 사실주의적이었습니다. 스탕달이 쓴 작품 속 인물들은 (심지어 발자크가 쓴 작품 속 몇몇 등장인물 정도에도 해당되지 않을 만큼) 결코 어떤 유형이 아니라 늘 뚜렷이 차별화된 특정한 인간 개개인이었어요. 그러면서도 사회적 행동의 근원을 통찰하는 새로운 소설을 선보인 점에서 두드러지죠. 장 라신[14]은 비극 작품을 써서 요즘 활동하는 어떤 소설가보다도 개인적이고 개별적인 감정의 원천에 가까이 다가갔죠. 몇몇 18세기 프랑스 소설가들은 아주 세련된 인물별 의식 분석에서 여전히 (라신을 빼고) 타의 추종을 불허하죠. 인물을 특정한 물질적이고 사회적인 조건의 소산으로 여긴 점에서, 곧 그 인물이 그런 인물이 된 이유가 인물이 좇아온 소명이나 살아온 가정 때문이거나(발자크), 그 인물이 들어가고 싶은 사회 집단 때문이거나(스탕달), 또는 그 인물이 탐내던 넓은 땅이거나, 흉내 내거나 질투하던 권력층이나 상류층 인물(발

---

14 라신(Jean Racine·1639~1699)은 프랑스의 극작가로, 《앙트로마크(Andromaque)》(1667), 《페드르(Phèdre)》(1677) 등을 썼다.

자크와 스탕달 둘 다) 때문이라고 본 점에서 무엇보다도 발자크와 스탕달 두 작가 모두 새로웠어요. 이 두 소설가는 (《몰 플랜더스》를 쓴 대니얼 디포만 빼고) 인물의 성격이 지닌 경계는 선명한 검은색 선으로 그릴 수 없다는 사실, 그리고 우리 각자는 가까이 있는 사람과 사물 속으로 자기도 모르는 사이에 흘러들어 간다는 사실을 늘 인지한 첫 작가들입니다.

이 두 거장 이전에 활동한 모든 소설가가 시도한 인물 성격 구성characterization은 불완전하거나 미성숙해 보입니다. 새뮤얼 리처드슨조차 《클라리사 할로》의 가장 인상적인 장면에서 그러했고, 기묘할 정도로 현대적인 소설인 괴테[15]의 《친화력Die Wahlverwandtschaften》에 나오는 인물들도 마찬가지죠. 그토록 정교하게 해부된 인물들은 삶을 둘러싼 특수한 외부 환경에 따라 (거의) 드러나지도 않고 제약받지도 않은 채 허공에 매달려 있기 때문이에요. 그 인물들은 인류를 섬세하게 분석해 고안한 추상 관념인 거죠. 어떤 계층에게든 닥칠 법한 불가피하고 만고불변인 인간적

---

15 요한 볼프강 폰 괴테(Johann Wolfgang von·1749~1832)는 독일을 대표하는 시인, 소설가, 극작가다.

인 일들만 벌어집니다.

발자크와 스탕달 이후에 소설은 여러 방향으로 새롭게 뻗어 나가며 온갖 실험을 했어요. 소설은 그런 실험들을 통해 밀어놓은 땅을 경작하기를 그만둔 적도, 추상 관념의 영역으로 돌아간 적도 결코 없었죠. 그렇지만 소설은 유려하고 조종할 수 있는데다가 여전히 형성 중인 예술이며, 특정한 일반 원칙들을 도출하는 데 충분한 과거와 아직 시도해보지 않은 가능성들이 넘쳐나는 미래를 결합시키는 중입니다.

II

삶을 그려내는 기술

어떤 예술 이론이든 이론의 주창자는 경계에서 어김없이 이런 질문을 받습니다. "당신의 이론은 무엇을 첫째 전제로 삼고 있습니까?" 그리고 여느 다른 예술처럼 소설에서도 모든 이론은 선택이 필수라는 전제에서 출발해야만 한다는 말이 유일한 답인 듯해요. 기교도 거의 없는 언어적 진술의 근본 규칙일 뿐인데, 여전히, 어쩌면 그 어느 때보다도 더 설명하고 변론해야 한다는 사실이 희한하게 느껴집니다. 설명하려는 대상이 얼마나 한정된 사건이든 그 가장자리에는 조금씩 더 느슨하게 연관된 세부 사항들이 있을 수밖에 없고, 그 너머에는 무관한 사실들로 짜인 바깥의 덩어리가 있죠. 서술자narrator는 단지 시간이나 공간에서 나타나는 어느 정도 우연한 근접성 때문에 이 무관한 사실들을 떠올릴 수도 있어요. 일관성을 지닌 표현으로 나아가는 첫걸음은 온갖 소재 사이에서 무엇을 선택하느냐에 달려 있습니다.

한 세대 전만 해도 너무 당연한 소리라 굳이 떠들면 현학적으로 보일 내용이었습니다. 일상적 관계에서는 핵심에 집중하라고 권고하는 원칙으로 유효할 테지만, 오늘날 이런 규칙을 작품에 적용하고 있거나 적용하려는 소설가는 기법technique에만 몰두한 나머지 '인간적 흥미'라는, 어쩌면 정반대인 요소를 배제한다는 비판을 받기 십상입니다.

초창기 프랑스 '사실주의자realist들'의 낡은 수법을 개조하는 데 일조하지 않았다면, 그런 혐의는 여전히 받아들일 가치도 없을지 모르겠습니다. 이 사실주의자들은 한때 유명하던 '인생의 단면tranche de vie 기법'을 고안한 뛰어난 작가들이니까요. 이 기법은 어떤 상황이나 일화를 사진 찍듯 그대로 재현하는 방식인데, 그 안에 모든 소리와 냄새와 양상을 현실감 있게 그리면서, 무의식적으로 지나치거나 의도적으로 생략한 더 깊이 연관된 의미와 더욱 큰 전체에 관한 암시를 담았어요. 그때부터 반세기가 지난 지금도, 이 사실주의자들 중에서 살아남은 작가들은 제약적인 이론이더라도 여전히 읽을 만한데요, 일단 주제subject에 가까이 다가가면서 그런 이론을 잊어버리는 정도에 비례해 여전히 읽을 만할지도 모르겠어요. 기 드 모파상[16]과 에밀 졸라[17]를 대표로 들 수 있죠. 모파상은 걸작 단편 소설들을 매우 깊이 있는 심리적 의미와 폭넓은 관계들에 관한 확실한 감각으로 가득 채웠어요. 졸라가 쓴 작품 속의 '단면'들도 근사한 낭만적 알레고리의 요소가 됐는데, 여기서 거대하고도 모호한 주인공들은 인간의 여러 물질적 활동을 담아낸 《천로역정The Pilgrim's Progress》[18]에서 보듯이 바로 자연과 산업의 위력입니다. 프랑스인 특유의 심리 분석 본능 덕분에 공쿠르 형제[19]도 익히 알려진 '단면'들 사이에서 더 의미 있는 조각을 늘 포착해냈죠. 배운 방식을 곧이곧대로 적용할 뿐인 학생들은 그만한 재능을 지닌 다른 작가들이 운신 폭을 그렇게 좁히지 않으면 누림 직한 정도보다 더 찰나에 불과한 인정을 받다가 곧바로 그 이론 때문에 모

---

16 모파상(Guy de Maupassant·1850~1893)은 〈비곗덩어리(Boule de Suif)〉(1880), 《여자의 일생(Une Vie)》(1883), 《벨 아미(Bel-Ami)》(1885) 등을 쓴 프랑스의 사실주의 소설가다.

17 졸라(Emile Zola·1840~1902)는 《테레즈 라캥(Thérèse Raquin)》(1867), 《나나(Nana)》(1880), 《제르미날(Germinal)》(1885) 등을 쓴 프랑스 출신 소설가다.

18 영국 작가 존 번연(John Bunyan·1628~1688)이 1678년에 출간한 종교 우화 소설이다.

19 프랑스의 형제 소설가 에드몽 공쿠르(Edmond de Goncourt·1822~1896)와 쥘 공쿠르(Jules de Goncourt·1830~1870)를 가리킨다. 두 사람이 세상을 떠난 뒤 유언에 따라 1903년부터 '공쿠르상'이 만들어졌다.

든 것을 날려버린 신세가 됐죠. 에르네스트 페이도[20]의 《패니Fanny》(1858)를 사례로 들 수 있겠네요. 이 작품은 그 시절에는 흔치 않은 '심리' 소설이었고, (그때는 훨씬 못 미친다고들 여기던) 위대한 《보바리 부인Madame Bovary》[21]에 견줘 인물 내면을 탐색하는 모험이라는 관점에서는 꽤나 가벼운 여정이기는 해도 여전히 읽을 만한 덕에 지금까지 저자이름이 살아남았죠. 반면 동시대 그저 그런 작가들은 대부분 자기만의 별 볼 일 없는 '단면들'의 잔해 아래 묻혀 있고요.

인생의 단면으로 돌아갈 필요가 있을 듯했는데, 대수롭지는 않지만 차이점이 보이는데다가 이 이론이 의식의 흐름stream of consciousness이라는 새로운 꼬리표가 붙은 채 얼마 전에 다시 등장했거든요. 희한하게도 새로운 주창자를 자처하며 나서는 이가 아무도 없었는데, 이 작가들은 자기가 원조가 아니라는 사실도 알고 있었어요. 이 이론은 영국과 미국에서 처음 등장한 듯하지만, 몇몇 젊은 프랑스 소설가

---

20 페이도(Ernestt-Aimé Feydeau·1821~1873)는 프랑스의 소설가로, 유명한 극작가 조르주 페이도의 아버지다.

21 프랑스 소설가 귀스타브 플로베르(Gustave Flaubert·1821~1880)가 1857년에 출간한 작품으로, '프랑스 사실주의 소설의 초석'으로 불린다.

사이에 이미 퍼진 상태였죠. 이 프랑스인들은 감탄과 혼란을 동시에 느끼면서 요즘 영국 소설과 미국 소설에서 나타나는 경향을 지나치게 의식했고요.

의식의 흐름 기법은 시각적 반응뿐 아니라 정신적 반응에도 주목한다는 점에서 인생의 단면 기법하고는 다르지만, 반응을 오는 그대로 쓴다는 점은 비슷합니다. 특정한 경우의 연관성은 일부러 무시하는 점이나 정돈되지 않은 과잉 자체가 곧 작가가 내세운 주제라고 전제하는 점도 공통됩니다.

반#의식 상태의 어지러운 생각과 감각, 스쳐가는 모든 인상에 관한 반사적 반응을 일일이 적어 내려가려는 시도는 주창자들이 생각하는 만큼 새롭지 않아요. 위대한 소설가들은 대부분 쓴 방법인데다, 그것 자체가 목적이라기보다는 전반적인 작품 설계를 돕는 수단이었죠. 이를테면 연이은 불연속적 인상들을 무의미할 정도로 엄밀하게 기록하는 목적은 극심한 스트레스에 시달리는 순간의 정신을 묘사하는 데 있거든요. 소설이 심리적 성격을 띠게 된 뒤로 밀려드는 감정을 생생하게 고조시키는 '효과'가 지닌 가치는 낯선 적이 없었고, 소설가들은 상관없는 사소한 요소들이 얼마나 강하게 뇌 속으로 침범하는지를 점차 깨

달았어요. 그러나 심리학자들의 해리스 부인[22]인 무의식적 요소들이 그것 자체로 자기 예술을 위한 재료가 될 수 있다고 착각한 적은 없었죠. 발자크부터 윌리엄 새커리[23]까지 모든 위대한 작가들은 정신적 흐름의 상태가 작품에서 묘사할 인물의 전체 그림에 들어맞을 때마다 반의식 상태의 정신이 더듬거리고 중얼대는 소리들을 이용했어요. 정상적인 인간들의 세계에서 삶은 적어도 결정적인 순간들만큼은 꽤나 일관되고 선택적인 길을 따라 이어지기 마련이고, 밥벌이나 가정과 부족을 꾸리는 기본적인 일들은 그렇게 계속될 수밖에 없다는 사실을 관찰에 바탕해서 보여 줬죠. 극적 상황을 드러내는 드라마는 사회 질서와 개인의 기호 사이에서 일어난 갈등 때문에 빚어지는데, 소설에서 삶을 그려내는 기술이란 결국 존재라는 뒤죽박죽 혼란스런 상태에서 중대한 순간들을 따로 떼어내는 일을 빼놓는다면 아무것도 될 수 없고 될 필요도 없는 겁니다. 이 중대한 순간들에 외적 사건이라는 의미를 지닌 행동을 포함할

---

22 미국 소설가 윌라 캐더(Willa Cather·1873~1947)가 쓴 단편 소설 《나이 든 해리스 부인 (Old Mrs. Harris)》의 주인공. 남부 네브래스카 주에 사는 세 여성을 축으로 자기중심적 청년에서 지혜로운 노년으로 성장하는 여성 등장인물을 묘사한다.

23 새커리(William Thackeray·1811~1863)는 영국의 소설가로, 《허영의 시장(Vanity Fair)》 (1847~1848), 《신사 배리 린든의 회고록(The Memoirs of Barry Lyndon)》(1856) 등을 썼다.

필요는 없어요. 갈등 장면이 사건에서 인물 성격^{character}으로 옮겨간 뒤 그런 사례는 드물어졌지만요. 그러나 중대한 순간들에 구체성을 부여하는 이야기들이 주의를 끌고 기억을 붙잡으려면 그 순간들을 중대하게 만드는 뭔가가 반드시 있어야 하는데요, 이를테면 익숙한 사회적 기준이나 도덕적 기준에 연관된 인식 가능한 관계라든가, 인간이 지닌 대립되는 충동들 사이의 영원한 분투에 관한 명료한 인식 같은 거죠.

새로운 시각

기법을 불신하는 마음이나 독창적이지 않을까 봐 두려워
하는 마음은 둘 다 풍부한 창의성이 확실히 결핍된 상태
를 나타내는 증상인데요, 소설에서 순전한 무정부 상태로
이어지고 있고요, 요즘 몇몇 학교에서는 무형식formlessness을
형식의 제1 조건으로 삼는다 해도 지나친 말이 아닙니다.

　얼마 전 어느 문인이 도스토옙스키가 톨스토이[24]보다
우월하다고 딱 잘라 하는 말을 들었어요. 도스토옙스키의
정신이 '더 혼돈스럽기' 때문에 러시아 사람들의 전반적인
정신적 혼돈을 더 '진실하게' 그려낼 수 있다는 이유를 대

24　레프 톨스토이(Lev Nikolayevich Tolstoy·1828~1910)는 러시아를 대표하는 사상가이자
　　소설가로, 《전쟁과 평화(Война и мир)》(1869) 등을 썼다.

더군요. 혼돈 속에 침잠한 누군가의 정신이 어떻게 그 혼돈을 이해하고 규정할 수 있는지는 명확히 밝히지 않았고요. 물론 상상 속 감정과 그 감정에 관한 객관적 표현을 혼동한 데서 나온 주장일 겁니다. 그 문인은 일정한 집단의 사람들을 창조해내거나 특수한 사회적 여건을 묘사하려는 소설가라면 스스로 자기와 그 사람들을 동일시할 수 있어야 한다는 의미를 전하려 했어요. 예술가는 상상력을 지녀야 한다는 소리를 괜시리 길게 늘어놓은 셈이죠.

단순한 공감적 상상과 창의적 상상 사이에는 중요한 차이가 있는데, 창의적 상상은 양면적일 뿐 아니라 타인들에게 충분히 거리를 두고 서서 그 너머를 내다보고 부분적으로 등장한 타인들의 모습을 근원이 되는 인생 전체에 연관 지을 수 있는 힘과 다른 이들의 마음속에 침투해 들어가는 힘을 결합합니다. 그런 전방위적 시야는 정상에 오른 나음에야 확보할 수 있는데, 정상이라는 지위는 예술에서 상상력의 한 부분을 나머지 부분이 스며든 특정한 문제에서 분리해내는 예술가의 능력에 비례하죠.

이 지점에 관한 판단에 혼란이 벌어지는 여러 이유 중 하나는 소설 쓰는 기술art of fiction과 그 기술이 작용하는 바탕이 되는 재료 사이의 거리가 위험할 만치 가깝기 때문이에요. 모든 예술은 경험이라는 무형의 원재료를 의식적 형식으로 다시 제시하는 재현re-presentation이라고 흔히 말해온 탓에 그런 뻔한 주장을 계속하는 상황만은 다들 어떻게든 피하고 싶어할 겁니다. 저 주장은 어떤 예술보다도 소설에 더 합당한 이야기이지만, 원칙이 잘못 해석될 위험도 소설에서 가장 큽니다. 그림이나 조각, 또는 음악에서 어떤 삶의 단편이든 다시 제시하려는 시도는 전환transposition, 곧 '양식화stylization'를 당연한 전제로 삼습니다. 단어들을 사용해 재현하는 일은 훨씬 더 어려운데, 왜냐하면 모델과 예술가 사이의 관계가 지나치게 가깝기 때문이죠. 소설가는 자기가 그리려는 대상을 구성하는 바로 그 재료로 작업해요. 영혼을 표현하려면 영혼이 자기 자신을 표현하는 데 사용하는 기호들을 사용해야 합니다. 그림이나 대리석, 청동으로 표현된 어떤 대상을 다시 봐야 할 때, 대상을 바라보는 예술적 시선을 복잡하게 얽힌 대상의 실제에서 분리하는 일은 비교적 쉬워요. 그러나 생각을 구체적으로 조직하는 데 쓰이는 언어의 더께 자체를 채택해 인간 정신을 그려내는 작업은 이루 말할 수 없이 어렵습니다.

그런데 조각상처럼 명백한 방식은 아니더라도 전환은 소설에서도 분명히 일어나고 있어요. 그런 전환이 없다면,

소설 쓰는 일은 의식적인 배열과 선택의 산물인 예술 작업으로 결코 분류될 수 없었겠고, 우리가 이렇게 이야기할 거리도 전혀 없었겠죠. 어떤 선택 기준도 적용하지 못할 대상을 미학적으로 평가할 수는 없기 때문이죠.

현대 예술이 직면하는 또 한 가지 심란한 요소는 미성숙이라는 공통된 징후, 곧 지난날 이미 누가 한 일을 또 하고 있다는 공포예요. 청년의 본능에는 모방도 있다지만, 모방을 지독히 경계하는 본능도 못지않게 힘을 발휘합니다. 이런 점에서 오늘날 소설가는 악순환에 갇힐 위험에 놓여 있어요. 빨리 생산해내라는 요구가 끊임없이 이어지면 소설가는 미성숙 상태에 계속 머물게 되고, 내놓는 상품마다 기다린 듯 곧바로 받아들여지는 일이 반복되면 소설이 걸어온 지난 역사를 고찰하거나 창작에 관련된 원칙들을 사색하며 낭비할 시간 따위는 없다고 생각하게 되죠. 이렇게 확신에 사로잡히면 자기가 붙잡은 주제theme를 오랜 시간 곰곰이 생각하거나 과거하고 지나치게 가까이 교류하는 일이 이른바 '독창성originality'이라는 특질을 손상시킬지 모른다고 믿게 됩니다. 그러나 모든 예술 분야에서 과거의 전체 역사는 살아남은 것들을 통해 그런 믿음이 잘못된 확신이라는 사실을 입증하고 있고요, 어떤 주제든 온전한 풍미를 간직하고 드러내게 하려면 창작자가 그 주제를 마음속에 오래 품은 채 음미하고 양분이 되는 온갖 인상과 감정을 거기에 채워 넣어야 한다는 사실을 보여주고 있어요.

진정한 독창성을 구성하는 요소는 새로운 방식manner이 아니라, 새로운 시각vision이에요. 작가 자신의 것으로 삼으려 재현한 대상을 충분히 오래 바라봐야만 새롭고 개인적인 시각을 얻을 수 있는데, 이 비밀스러운 싹을 키워 열매까지 맺으려는 마음이라면 지식과 경험을 넉넉히 쌓아 양분으로 댈 수 있어야 합니다. 무엇이든 어느 하나를 알려면 아주 많은 다른 것들도 웬만큼 알아야 할 뿐 아니라, 매슈 아널드[25]가 오래전에 지적한 대로 당면한 주제에 관해서는 그 주제에 연관된 어떤 부분적 재현에 포함된 듯 보이는 정도보다 훨씬 더 많이 알고 있어야만 해요. 그리고 키플링 씨[26]가 이런 말을 했죠. "영국밖에 모르는 그 사람들이 영국에 관해 정말 알아야 하는 것은 무엇일까?" 우

---

25 아널드(Matthew Arnold·1822~1888)는 영국의 시인이자 비평가로, 《교양과 무질서(Culture and Anarchy)》(1869) 등을 썼다.

26 러디어드 키플링(Rudyard Kipling·1865~1936)은 영국의 시인이자 소설가로, 《정글북(The Jungle Books)》(1894) 등을 썼다.

리는 이 말을 창의적 예술가를 상징하는 표어로 받아들일 수 있겠네요.

'소설 쓰기 과정fiction course'을 발명한 세대라면 거기에 걸맞은 소설을 얻게 된다고 생각하기 쉽습니다. 어쨌든 그런 과정은 그 세대 젊은 작가들에게 예술은 길지도 고되지도 않다는 믿음을 북돋우고, 어쩌면 악명과 평범함이란 대개 맞바꿔 쓸 수 있는 용어라는 사실조차 간과하게 하는지도 모르겠네요. 그러나 소설 속에 부는 무역풍이 숱한 초심자들을 가장 손쉬운 항로로 이끌어 거기에 붙들어두는 일은 분명한 사실이지만, 단지 그런 이유만으로 오늘날 예술에서 지름길을 찾으려 들지는 않습니다. 대중적 성공에 무관심할 뿐 아니라 심지어 성공을 경멸하는 작가들이 있는데, 그런 사람들은 이 항로야말로 진정한 천직의 길을 표시한다고 굳게 믿거든요. 많은 사람들이 예술가란 처음 시작할 때부터 흔히 '영감inspiration'이라 부르는 신비롭고 봉인된 명령을 받아 절대적 충동이 이끄는 대로 끌려갈 수밖에 없다고 짐작합니다. 처음에는 모든 창작자에게 영감이 찾아오지만, 그 영감은 대개 갓난아이 같은 상태죠. 혼자서는 아무것도 할 수 없고, 휘청대고, 말이 서툴고, 누군가가 가르치고 이끌어줘야만 한다는 이야기예요. 그리고 자기 재능을 훈련하는 이 시기 동안 초심자는 마치 첫 아이를 가르치면서 실수를 숱하게 저지르는 젊은 부모처럼 영감을 잘 못 다룰 가능성이 높아요.

모든 것이 '속도를 더해가는'[27] 이 시대에 '영감' 이론은 손쉬운 승리 따위에 전혀 괘념하지 않는 사람들조차 유혹합니다. 어떤 작가든, 특히 갓 글을 쓰기 시작한 작가라면 자기를 기다리는 독자층이 지닌 특성에 영향을 받을 수밖에 없어요. 그리고 경험도 사색도 독자가 줄 수는 없는데 그런 것이 대체 무슨 소용이냐고 젊은 소설가는 물을지도 모르겠어요. 대답은 독자들(그리고 담당 편집자와 출판사)을 더는 의식하지 않으면서 자기 자신 대신 **타아**他我를 위해 글을 쓰기 시작하지 않는 한 소설가에게 최선이란 있을 수 없다는 말이 될 텐데요, 창의적 예술가가 늘 신비한 교류를 나누는 이 타아는 다행스럽게도 어딘가에 객관적으로 존재하며, 보낸 쪽에서는 수신 사실을 끝내 알지 못하더라도 이 타아는 자기한테 전달된 메시지를 언제인가 꼭 수신한답니다. 경험에 관련해, 그 경험이 지적이든 도덕적이든, 창의적 상상력은 자그마한 요소여도 큰 효과를 낼

---

27 이디스 워튼이 《유령들(Ghosts)》에 붙인 머리말에서 현대 사회를 언급할 때 쓴 표현이다.

수 있지만, 작가가 그 상상을 마음속에 오래 간직하고 충분히 곱씹어본다는 조건이 전제돼야 합니다. 한 차례 깊은 상심을 겪으면 시인은 많은 노래를 읊고, 소설가는 소설을 여러 편 씁니다. 다만 부서질 심장이 여러 개 필요하죠.

인기에 조금도 연연하지 않는 작가도 처음에는 자기 개성을 변론하기가 어렵습니다. 탐구와 사색은 자체적인 위험을 내포합니다. 상담자들은 모순되는 조언과 사례들로 중재를 합니다. 여기에서 상담자들이란 대개 남이 쓴 소설입니다. 열정적으로 초심자를 쫓아다니며 괴롭히는 과거의 위대한 소설들이라든가, 지나치게 설득하려 들면서 작가를 이리저리 끌어당기는 동시대 작품들이 다 여기에 들어가겠죠. 처음에 작가는 아무리 궁핍해도 그런 소설들을 피해 다니거나, 아니면 막 드러나기 시작한 자기 개성 따위는 그 안에 매몰시키고 싶은 충동을 느낍니다. 그러니 차츰 깨닫게 될 거예요. 다른 사람이 쓴 소설에 담긴 이야기를 듣고, 얻을 수 있는 것은 모두 얻고, 자기 안에 죄다 흡수한 다음, 오직 자기 눈으로 삶을 바라보겠다는 확고한 의지 아래 자기 작업에 몰두할 줄 알아야 한다는 사실을 말이죠.

그 뒤에도 난제가 또 하나 남아 있습니다. 바로 소설가가 인생을 바라보는 시야와 특정한 자질 사이에 가끔 나타나는 묘한 간극입니다. 상황을 큰 덩어리로 바라보는 성향을 타고난 반면 그 일들을 각각 작은 규모로 세밀하게 쪼개 묘사하는 방법밖에 모르는 기술적 무능력이 결합된 작가들이 흔합니다. 어쩌면 우리가 아는 정도보다 훨씬 많은 실패들이 바로 이런 시야와 표현력 사이의 특정한 불균형 때문에 생길 거예요. 아무튼 이런 사실은 꽤나 고통스러운 분투와 건조한 불만을 일으키는 원인이 되는데, 유일한 해법은 더 큰 영역은 단호히 버려 더 작은 영역을 얻고, 시야는 연필 끝으로 좁히고, 큰일을 대충 피상적으로 하기보다는 작은 일을 꼼꼼하고 깊게 파는 겁니다. 상상력을 자극하는 20가지 주제들, 그러니까 자기가 메리메[28]나 모파상 또는 콘래드[29]나 키플링이라면 자기도 모르게 저절로, 그것도 아주 근사하게 작업하게 되는 주제들 중에서 어쩌면 딱 하나가 우연히 존재하게 된 제한된 인물의 '손에 꼭 맞을'지도 모릅니다. 그리고 그 특정한 한 가지를 잘

---

28 프로스페르 메리메(Prosper Mérimée·1803~1870)는 프랑스의 작가로, 조르주 비제가 오페라로 각색해 유명해진 《카르멘(Carmen)》(1875) 등을 썼다.

29 조지프 콘래드(Joseph Conrad·1857~1924)는 폴란드 출신의 영국 소설가로, 《암흑의 핵심(Heart of Darkness)》(1902) 등을 썼다.

하기 위한 첫걸음은 나머지 다른 일들을 단념하는 법을 익히는 거죠.

IV

좋은 주제

이런 고찰들은 주제라는 중요하면서도 핵심적인 문제로 곧장 이어져왔습니다. 그리고 주제는 형식^{form}과 문체^{style}라는 부수적인 지점들하고 떼려야 뗄 수 없게 뒤얽힙니다. 쉽게 말하면 둘 다 재현하려고 선택한 테마에서 자연스럽게 튀어나와야 한다는 거죠.

형식이란 요즘 기준으로 보자면 아마도 시간과 중요도에 따른 순서라고 정의할 수 있을 텐데, 내러티브^{narrative}를 구성하는 사건들이 바로 이 순서에 따라 짜입니다. 문체란 사건들을 제시하는 방식인데요, 언어라는 비교적 좁은 의미뿐 아니라 사건들의 매개인 서술자의 마음에 따라 파악되고 채색된 뒤 다시 서술자가 하는 말로 나오는 방식도 일컫습니다. 매개라는 특성이 이 사건들에 나름의 특성을 부여하죠. 그런 의미에서 볼 때 문체란 예술 작품을 창작하는 과정에서 여러 재료를 배합할 때 들어가는 가장 개인적인 구성 요소입니다. 단어란 생각이 밖으로 드러나는 외적 상징인 만큼, 오직 그 단어들을 정확히 사용할 때만 작가는 자기가 잡은 주제를 계속 끈질기고 단단히 붙들 수 있어요. 그렇게 '뿔고둥을 건져 올려fish the murex up'[30] 자기 피조물을 빛바래지 않을 색으로 물들이는 거죠.

이렇게 정의를 내린다면 문체란 곧 규율discipline인 셈입니다. 여기에서 문체에 요구되는 신성한 헌신self-consecration, 그리고 예술가가 쏟는 전반적 노력과 문체 사이의 관계는 마르셀 프루스트[31]가 쓴 《잃어버린 시간을 찾아서》 2편 《꽃 핀 소녀들의 그늘에서A l'Ombre des Jeunes Filles en Fleurs》의 탐색적인 장에 아주 집약해 설명돼 있어요. 여기서 프루스트는 위대한 소설가 베르고트라는 인물을 내세워 소설 쓰는 기술을 분석하죠.

---

30 엘버트 허버드(Elbert Hubbard·1865~1915)가 쓴 《위대한 스승들의 집으로 향하는 작은 여정들(Little Journeys To The Homes Of Great Teachers)》에 나오는 구절인데, 뿔고둥에서 보랏빛 염료를 만드는 원료를 얻었다.

31 프루스트(Marcel Proust·1871~1922)는 7권짜리 연작 소설 《잃어버린 시간을 찾아서(A la recherche du temps perdu)》를 쓴 프랑스 소설가다. 이디스 워튼은 이 책 《소설 쓰는 기술》 5장에서 프루스트만을 다룬다.

엄격한 기호, 가장 좋아하는 '세 두$^{C'est\ doux}$'(조화롭다, 맛있다)라는 구절을 말할 수 있는 글 말고는 어떤 글도 쓰지 않겠다는 의지, 하찮은 것들을 '소중히' 새겨 넣는 일에 그토록 오랜 세월을 헛되이 쓰게 만든 양 보이는 이런 결심이 실은 그 사람이 지닌 힘을 키운 비밀이었다. 습관은 사람의 성격을 만들 듯이 작가의 문체도 만드니까. 그리고 대체로 기분 좋은 방식으로 자기 생각을 표현하는 일에 여러 차례 스스로 만족해본 작가는 **자기 재능에 최종적인 경계를 정한 뒤에 그 선을 결코 넘지 않는다.**

형식과 문체를 이렇게 정의한 뒤, 저자가 지닌 재능과 주장하는 내용 사이의 조화를 기본 요건으로 전제하고 나면, 그다음에 우리는 상상의 소재로 주어진 모든 주제의 고유한 적합성이라는 한층 더 심층적인 문제를 맞닥트리게 됩니다.

주제 자체가 가장 중요하다고들 하지만, 전혀 중요하지 않다는 주장도 만만치 않아요. 이런 모순들에서 진실을 추출할 수 있으려면 또다시 정의가 필요하죠. 주제란 당연히 **무엇에 관한 이야기를 하고 있느냐**는 겁니다. 그러나 소설가가 무엇을 중심 에피소드나 상황으로 선택하든, 그런 이야기는 대부분 소설가가 자기가 고른 대상에 반응하는 방식에 지나지 않죠. 금광 주인한테 광석을 캘 도구가 없다면 금광은 아무런 가치도 없을 테니까, 각 주제마다 먼저 그 주제 자체를 고찰해야 하고, 그다음 소설가가 지닌 채굴 능력에 관련해서 그 안에 무엇이 들어 있는지 생각해야 하잖아요. 겉보기에만 사소한 주제들이 있고 핵심까지 사소한 주제들도 있으니, 소설가는 그 두 가지를 한눈에 분별할 줄 알아야 하고, 수직갱을 파 내려가기 시작할 가치가 있는지 판단할 줄 알아야 합니다. 그런데 소설가는 실수할 수도 있어요. 가짜 좋은 주제에 유혹될 위험도 있는데다가, 피상적인 매력을 거부한 채 이야기를 시작하기 전에 일찌감치 깊은 곳까지 탐사하는 법은 오랜 경험을 쌓아야 터득하니까요.

　주제를 시험해봐야 하는 방식이 하나 더 있습니다. 고찰된 모든 주제는 그것 자체로 우선 삶에 관해 판단하라는 수수께끼 같은 요구에 어떤 식이든 반응해야 하는데, 어지간해서는 제아무리 냉정한 지성이라 해도 결코 떨쳐버리기 힘든 문제일 겁니다. 그 '도덕'이 총구 앞에서 악당에 맞서 여주인공을 구하는 영웅으로 가장해 모습을 드러내든, 아서 펜더니스[32]가 그레이프라이어스 교회를 들르는

장면에 깃든 은근한 아이러니 안에 숨겨져 있든 마찬가지
죠. 이 장면에서 펜더니스는 가난한 신사들 사이에서 고개
숙인 뉴컴 대령[33]을 발견한 바로 그 순간에 성가대가 노래
하는 소리를 듣죠. "늘 젊던 내가, 지금은 늙었네. 그렇지
만 고결한 이가 버려진 일도, 그이의 자손이 빵을 구걸하
는 모습도 본 적 없지." 여기에서 독자들 마음속에 무의식
적이지만 계속되는 질문에 이어지는 어떤 합리적인 반응
이 무슨 형태든 반드시 나와야 합니다. 바로 이런 질문이
죠. "나는 지금 무엇 때문에 이 이야기를 듣고 있을까? 이
이야기는 삶에 관해 나에게 어떤 판단을 전해줄까?"

　이런 의무를 벗어나 도피할 곳은 병리적 세계 말고는
없어 보이는데, 그곳에서는 이상 심리를 지닌 사람들 사이
에서 발생하고 우리 같은 보통 사람이 지닌 리듬에 따르지
않는 행동은 백치의 이야기로 전락해 아무 의미도 없게 되
죠. '예술'과 '도덕' 사이에 방수 격실처럼 침범할 수 없는
공간을 마련하려는 시도는 늘 수포로 돌아갔어요. 모든
위대한 소설가가 쓴 책이 그런 주장을 내세우는 근거로

32　윌리엄 새커리가 쓴 《펜더니스 이야기(The History of Pendennis)》(1850)의 주인공이다.

33　윌리엄 새커리가 쓴 소설 《뉴컴 일가(The Newcomes)》(1853~1855)의 주인공으로, 덕의
　　　표상 같은 인물이다.

활용됐지만, 정작 그런 작가들은 자기가 쓴 작품에 담긴 내적 의미뿐 아니라 때로는 가장 명시적인 진술을 통해서 반대 의견을 표명해왔죠. 이를테면 순전히 '과학적'이거나 초도덕적인 관점에서 자기 작품의 테마를 바라본 작가로 자주 인용되는 플로베르는 다음 같은 완벽한 공식을 반대편에 제시해 반박했답니다. "아름다운 생각일수록 더 낭랑한 문장이 된다Plus la pensée est belle, plus la phrase est sonore." 은유metaphor도 아니고, 그림도 아니고, **생각**이라니!

좋은 주제란, 그렇다면, 그것 자체로 우리의 도덕적 경험에 한 줄기 빛을 던지는 뭔가를 품고 있어야만 합니다. 그런 확장을 하지 못하거나 그런 생생한 빛을 발산할 수 없는 주제는 겉모습이 아무리 화려해도 그저 사소한 우발적 사건happening, 맥락에서 벗어난 의미 없는 사실 한 조각이 되고 말아요. 그리고 충분히 깊이 파고드는 상상력이라면 아무리 사소한 사건에서도 이 싹을 찾아낼 수 있다는 말 또한 절반쯤만 진실입니다. 오히려 그 반대가 진실이에요. 제한된 상상력은 훌륭한 주제도 제 수준으로 전락시킨다는 말이 있잖아요. 그러나 폭넓고 창의적인 시야에서는, 파편적인 인간의 경험이 완전히 텅 비어 보일 리는 없겠지만, 본능적으로 찾게 되는 주제들이 있어요. 인간이 흔히 겪는 곤경의 몇몇 단계가 극적이면서도 전형적인 방식으로 두드러지는 주제들, 그리고 그것 자체로 삶의 여기저기 흩어져 있어 결론짓기 어려운 사건들을 요약하거나 축소한 종류의 주제들 말이죠.

2장

—

단편 소설
들려주기

I

수직갱

현대 장편 소설이 그렇듯 현대 단편 소설이 탄생한 곳도, 또는 적어도 지금 같은 특징을 지니게 된 곳도 아마 프랑스일 겁니다. 이 방면에서는 영국 작가들이 한발 늦어서, 프랑스 작가와 러시아 작가들이 먼저 소설을 끌어다놓은 그 지점에 영국 작가들이 뒤늦게 도착했죠.

그 뒤 단편 소설은 여러 소설가들 손끝에서 발전을 거듭하며 여러 새로운 방향으로 뻗어 나갔습니다. 단편 형식에서 최고 솜씨를 아주 가끔 보여준 하디 씨[01]라든가 단편에서는 거의 모든 작품에서 뛰어난 솜씨를 선보인 로버트

---

01 토머스 하디(Thomas Hardy·1840~1928)는 영국의 소설가이자 시인으로, 《캐스터브리지의 시장(The Mayor of Casterbridge)》(1886)과 《테스(Tess of the D'Urbervilles)》(1891) 등을 썼다.

루이스 스티븐슨,[02] 헨리 제임스,[03] 조지프 콘래드를 비롯해, 콩트conte[04] 분야의 대가인 키플링도 빼놓을 수 없죠. 아서 퀼러 쿠치 경[05]이 초기에 쓴 《삼목 두기Noughts and Crosses》와 《나는 배 세 척을 보았네I Saw Three Ships and Other Winter's Tales》 같은 유쾌한 작품들도 좀더 알려져야 마땅한 단편입니다. 이런 작가들보다 훨씬 더 전에는 《떠돌이 윌리 이야기》를 비롯한 단편 소설을 여러 편 쓴 스콧, 독특하고 기묘한 작품을 남긴 에드거 앨런 포[06]와 너새니얼 호손[07] 같은 이들이 있었죠. 그렇지만 스콧, 호손, 포가 쓴 최고의 이야기들은 거의 대부분 전통적 고전 바깥에 있는 기괴한 작품들이라는

---

02 스티븐슨(Robert Louis Stevenson·1850~1894)은 영국의 소설가로, 《보물섬(Treasure Island)》(1883), 《지킬 박사와 하이드 씨(The Strange Case of Dr. Jekyll and Mr. Hyde)》(1886) 등을 썼다.

03 제임스(Henry James·1843~1916)는 미국의 소설가로, 훗날 영국으로 귀화했다. 《여인의 초상(The Portrait of a Lady)》(1881), 《나사의 회전(The Turn of the Screw)》(1898), 《새장 안에서(In the Cage)》(1898), 《사춘기(Awkward Age)》(1899), 《비둘기의 날개(The Wings of the Dove)》(1902), 《황금 잔(The Golden Bowl)》(1904) 등을 썼다.

04 17~18세기 서구에서 유행한 장르로, 주로 우화나 전설 등을 담은 짧은 이야기를 가리킨다. 19세기 들어 단편 소설에 통합된다.

05 퀼러 쿠치 경(Sir Arthur Quiller-Couch·1864~1944)은 영국의 시인이자 소설가로, 《삼목 두기》(1891)와 《나는 배 세 척을 보았네》(1893)를 비롯해 단편집을 11권 출간했다. 옥스퍼드 대학교 고전 문학 강사를 거쳐 1910년 기사 작위를 받았다.

06 포(Edgar Allan Poe·1809~1849)는 미국의 시인이자 소설가로, 《모르그 가의 살인 사건(The Murders in the Rue Morgue)》(1841)을 비롯해 여러 단편 소설을 썼다.

07 호손(Nathaniel Hawthorne·1804~1864)은 미국 소설가로, 《주홍 글자(The Scarlet Letter)》(1850) 등을 썼다.

특별 범주에 속해요.

풍속 소설novel of manners[08]을 다루게 되면 시대 순서에 따른 분류는 거꾸로 해야 할 테고, 미덕 순서에 따른 분류는 좀더 까다로워지겠네요. 발자크, 톨스토이, 이반 뚜르게네프[09]에 비교하더라도 영국의 위대한 관찰자들, 그러니까 리처드슨과 제인 오스틴[10]부터 새커리와 찰스 디킨스[11]까지 천재성에 좀더 무게가 실릴 테니까요. 그렇지만 단편, 특히 그중에서도 가장 압축된 형태인 콩트라는 아주 짧은 단편에 관해서라면, 그 첫 견본은 틀림없이 영국이 아니라 대륙에서 나온 작품이 꼽힐 겁니다. 그러나 영국 문학계에는 다행스럽게도, 그 공식을 넘겨받아 적절히 수정한 세대는 '자기들만의 독창성이라는 잘못된 관념에 계속 갇혀 사는 이들은 어쩌면 성취할 수도 있던 수준에 늘 못 미치게 된다'는 괴테의 원칙에 따라 성장했죠.

---

08 사회의 관습과 가치 등을 세세하게 관찰한 내용을 담은 소설로, 발자크, 제인 오스틴, 헨리 제임스, 이디스 워튼 등이 대표 작가다.

09 뚜르게네프(Ivan Turgenev·1818~1883)는 러시아의 소설가로, 《첫사랑(First Love)》(1860) 등을 썼다.

10 오스틴(Jane Austen·1775~1817)은 영국의 소설가로, 《오만과 편견(Pride and Prejudice)》(1813) 등을 썼다.

11 디킨스(Charles Dickens·1812~1870)는 영국의 소설가로, 《크리스마스 캐럴(A Christmas Carol)》(1843) 등을 썼다.

모든 예술 분야에서 형식, 이미 정의한 대로 서술된 사건들을 분류하는 시간과 중요도의 순서를 가리키는 이 형식의 의미는 특히 고전에, 그중에서도 라틴 전통에 관련이 있습니다. 예술적 표현의 제1 조건이 (가장 폭넓은 규율이라는 의미에서) 형식, 형식의 준수, 형식의 적용, 형식의 암묵적 수용이던 천 년 세월이 흐르는 동안 프랑스 소설가들이 작품 활동을 하는 토양에서 필요 없는 걸림돌이 많이 사라졌죠. 프랑스라는 곳이 모든 토양 중에서 김매기와 경작이 가장 잘된 만만한 땅이다 보니, 프랑스 문화가 뻗어 나간 예술 분야는 어디든 땅고르기가 워낙 잘돼 무슨 씨앗이든 심을 준비도 아주 잘된 땅이 됐어요.

그렇지만 말끔한 그것, 그러니까 프랑스의 누벨nouvelle[12]을 넘겨받은 위대한 러시아 작가들은 거기에 대개는 부족하던 차원을 추가했습니다. 러시아 작가들은 우리가 일반직으로 인정히는 정도보다 훨씬 더 크게 프랑스 문화에 빚졌죠. 여하튼 정말 좋은 주제일 때는 눈물을 자아내기에 충분할 만큼 깊이 파고들기만 하면 되죠. 그리고 러시아 작가들은 거의 늘 그 정도 깊이까지 파고들었어요. 프랑스

---

[12] 뚜렷한 정의가 없어서 단편이나 콩트하고 혼동되지만, 대개 중편 소설을 가리킨다.

와 러시아에서는 촘촘한 조직과 심오한 형식을 결합해 작품을 빚었고, 결과는 늘 단편이었죠. 두 나라 작가들은 인생이라는 표면에 펼쳐진 느슨한 그물 같은 작품 대신 인간 경험의 심장 속으로 파고드는 수직갱 같은 작품을 쓰고 싶어했죠.

부족한 개연성

비평가는 이제 윌리엄 워즈워스[13]의 동시대인들을 그토록 사로잡은 장르들을 분류하고 하위분류할 필요를 더는 느끼지 못하지만, 모든 예술에는 괄호가 필요해 보이는 몇몇 지역적 산물이 있습니다.

소설에서는 초자연적 요소를 활용하는 문제가 그렇죠. 게르마니아와 아르모니카Armonica[14]의 신비한 숲이나 긴 땅거미가 지고 바람이 울부짖는 땅에서 온 듯한 이런 요소들이 프랑스 작가들 또는 심지어 러시아 작가들 손을 거쳐 우리에게 오지 않은 사실은 분명해요. 마법사와 마법은

---

13 워즈워스(William Wordsworth·1770~1850)는 영국의 낭만주의 시인으로, 〈초원의 빛(Splendor in the Grass)〉 등을 썼다.
14 프랑스 북서부 지방을 가리키는 옛 이름.

남쪽 지역, 지중해에서 올라왔죠. 테오크리토스[15]의 마녀는 스코틀랜드 황야에 사는 늙은 자매들에게 어울릴 마실 거리를 끓여냈지만, 그 유령 같은 환영幻影은 영국 소설과 게르마니아 소설 속 지면들을 배회할 뿐이에요.

유령은 우리 영국의 위대한 단편들 중에 가장 독창적인 몇몇 작품에서 대단한 효과를 발휘했는데, 스콧의 《떠돌이 윌리 이야기》와 포의 지독한 환상들부터 셰리든 르 파뉴[16]가 쓴 《파수꾼Watcher》까지, 그리고 스티븐슨의 《목이 비틀린 재닛Thrawn Janet》부터 영어권에서 기괴한 작품의 대가로 꼽히는 제임스가 쓴 《나사의 회전》까지 그런 사례로 들 수 있겠네요.

의도한 효과를 완전히 달성한 이 모든 이야기들은 가장 교묘한 책략을 대표하는 사례죠. 괜찮은 유령 이야기를 쓸 수 있으려면 유령의 존재를 믿거나 심지어 유령을 직접 본 적이 있다고 해도 충분하지 않아요. 부족한 개연성improbability을 극복해야 하면 할수록 접근법을 더 깊이 연구

---

15 테오크리토스(Theocritus·B.C. 310?-250?)는 그리스의 시인으로, '목가' 형식을 창시한 사람으로 알려져 있다.

16 르 파뉴(Sheridan Le Fanu·1814~1873)는 아일랜드의 소설가로, 《사일러스 아저씨(Uncle Silas)》(1864) 등을 썼다.

해야 하고, 자연스러운 분위기, 그러니까 그런 상황이 얼마든지 벌어질 수 있다는 손쉬운 가정이 더욱 빈틈없이 유지돼야 하거든요.

단편에서 한 가지 주요 의무는 독자에게 즉각적인 안도감을 주는 겁니다. 모든 구절이 이정표가 돼야 하고, (의도한 효과가 아니라면) 오도하는 표지로 기능해서는 안 돼요. 구절들이 인도하는 대로 믿고 따라도 된다는 느낌을 독자에게 줘야 합니다. 일단 확신만 하고 나면 독자는 가장 믿기 힘든 모험으로 계속 유인당할 수도 있거든요. 《아라비안 나이트^{Arabian Nights}》가 바로 여기에 해당하죠. 어느 지혜로운 평론가는 이렇게 말했어요. "당신이 믿게 **만들** 수 있는 것은 무엇이든 믿어달라고 독자에게 부탁할 수 있다." 비현실적인 사람은 결코 램프 속 요정들이 아니라, 요정의 존재를 믿지도 않으면서 요정을 묘사하는 역사가죠. 무관함에서 오는 최소한의 낌새나 무관심에서 오는 최소한의 냉기만으로 주문은 곧바로 깨질 수 있고, 다시 이야기를 엮으려면 험프티 덤프티^{Humpty Dumpty}**17**를 담장 위에 앉

---

17 루이스 캐럴(Lewis Caroll·1832~1898)이 쓴 《이상한 나라의 앨리스(Alice's Adventures in Wonderland)》(1865)에 나오는 달걀 모양 캐릭터로, 위태롭게 담장 위에 앉아 있다.

혀놓는 데 걸리는 만큼이나 긴 시간이 필요할 거예요. 자신감 넘치는 작가의 걸음걸이에 보내던 믿음을 독자가 잃는 순간 부족한 개연성이라는 틈은 벌어져버리니까요.

그렇다면 부족한 개연성 자체는 결코 위험하지 않습니다. 부족한 개연성이 드러나 보이는 일이 위험할 뿐이죠. 실제로 이야기가 제가 1장에서 병리학적 상황, 그러니까 정상적인 경험의 범위를 벗어난 육체 또는 정신 상황이라 부른 것에 기반하지만 않는다면 말이에요. 물론 이 용어는 유령의 존재를 믿기도 한 초창기 종족 문화에서 이어져 내려온 심리 상태에는 해당되지 않습니다. 일말의 상상력을 지닌 사람은 그럴싸한 유령 이야기를 결코 '개연성이 없다'는 이유로 반대한 적이 없거든요. 그런 상상력이 부족한 사람이 틀림없는 바볼드 씨[18]는 바로 그런 이유로 《늙은 수부의 노래The Rime of Ancient Mariner》[19]를 비판하지만 말이죠. 우리는 대부분 선조 때부터 내려오는 공포, 그리고 인간들의 이름을 또박또박 소리 내어 말하는 허공 속 혀들에 관련된 어슴푸레한 기억을 어느 정도는 간직하고 있습니다.

---

18 애나 래티시아 바볼드(Anna Letitia Barbauld·1743~1825)는 영국의 시인이자 비평가다.

19 영국 출신 시인이자 비평가인 새뮤얼 테일러 콜리지(Samuel Taylor Coleridge·1772~1834)가 1798년에 쓴 장편시다.

우리가 미치광이들이나 신경쇠약증 환자들이 하는 행동의 개연성을 선험적으로 믿을 길은 없어요. 그런 사람이 추론하는 과정은 우리 대부분하고 동떨어져 있다거나 기껏해야 비정상적이고 예외적인 사람들에게나 해당되는 일로 상상되기 때문이죠. 그렇지만 누구든 좋은 유령 이야기를 읽을 때면 좋은 유령을 알아보게 돼요.

독자의 믿음을 확보하고 나면 다음 게임 규칙은 독자의 관심이 분산되거나 잘게 쪼개어지지 않게 하는 일이에요. 무서운 이야기가 될 법한 후보들을 무미건조하게 만들어버리는 요인은 바로 공포의 증식과 다양한 변화입니다. 무엇보다도 공포는 증식되더라도 분산되지 않고 누적돼야 하거든요. 그렇지만 적으면 적을수록 좋아요. 미리 제시된 공포가 일단 기정사실이 되고 난 뒤에 효과를 발휘하는 방법은 똑같은 음, 똑같은 신경을 계속 두드리는 겁니다. 다양한 공격보다 조용한 반복이 훨씬 더 고통스럽고, 예견하지 못한 사건보다 예상한 사건이 더 무섭거든요. 희곡 《황제 존스Emperor Jones》[20]는 관객들에게 긴장 상태를 불

---

20 미국 극작가 유진 오닐(Eugene Gladstone O'Neill·1888~1953)이 1920년에 발표한 표현주의 희곡이다.

러일으키는 단순화와 반복의 힘을 보여주는 놀라운 사례입니다. 단순한 주술 의식을 실행하는 정도만으로 주술이 작용하는 과정을 보여주죠.

열 몇 쪽 정도가 아니라 거의 200쪽에 걸쳐 유령들이 만드는 으스스한 분위기를 내내 이어가는 《나사의 회전》은 초자연적 소재를 다룬 이야기들 사이에서 단연 독보적인 위치를 차지하는데, 공포의 경제를 극단까지 끌고 갑니다. 독자는 무엇을 예상하게 될까요? 언제나, 작품 내내, 숨죽인 듯 고요한 운명의 집 어딘가에서 작고 불쌍한 여자 가정 교사는 악한 두 인물 중 하나를 마주칠 테고, 자기가 떠맡은 영혼들을 보호하려 맞서 싸우게 됩니다. 그 인물은 피터 퀸트이거나 '더없이 공포스러운' 미스 제셀일 테고요. 그리고 이 한 가지 공포에서 벗어나려는 시도나 기대는 전혀 없습니다. 이야기는 심오하고도 무시무시한 도덕적 의미들로 단단히 묶여 있지만, 대부분의 독자는 이 사실을 의식하기 한참 앞서서 공포, 그러니까 오싹한 전율을 일으키는 단순한 동물적 공포가 자기를 좌지우지한다고 인정하게 될 겁니다. 유령 이야기를 쓰는 작가들이 추구하는 바가 결국 이것이죠.

압축성과 즉각성

단편 소설로 쓰기 '좋은 주제'는 늘 장편 소설로 확장할 수 있다고 말하는 이들도 가끔 보입니다.

특수한 사례들에서는 옹호할 만한 원칙일지 모르지만, 일반론의 토대로 삼기에는 분명 오도의 소지가 있습니다. (소설가들이 쓰는 용어인) '주제'는 반드시 그 안에 나름의 규모를 포함하고 있어야만 해요. 그리고 소설가가 지녀야 할 필수 재능의 하나는 육신을 입혀달라면서 자기에게 다가온 주제가 단편에 맞는 규모인지 장편에 어울리는 규모인지 판단할 줄 아는 능력이에요. 만일 그 주제가 양쪽에다 적합해 보인다면, 사실은 양쪽에 모두 적합하지 않을 가능성이 높죠.

그렇지만 어떤 고정불변한 이론의 토대를 그 규칙의

부정에 두려는 시도는 규칙의 단언에 토대를 두려는 시도
만큼이나 중대한 실수일 겁니다. 장편 소설로 확장될 수
있던 주제, 그리고 아직은 전형적인 단편이지만 단순히 길
이만 짧은 소설이라 할 수 없는 주제들로 구성된 단편들
사례가 다들 떠오를 테니까요. 예술에서 일반 규칙들은 탄
광 안을 비추는 등불이나 캄캄한 계단을 따라 놓인 난간
처럼 아주 중요합니다. 그 규칙들은 안내자로서 반드시 필
요하지만, 일단 구체적으로 정한 뒤라면 지나치게 의식하
는 일도 실수가 됩니다.

　어떤 주제가 단순한 이야기에 그치지 않고 소설 형식
으로 모습을 드러내야 하는 이유는 적어도 두 가지가 있
습니다. 그렇지만 두 이유 중 어느 것도 내러티브에 포함
된 외적 해프닝, 곧 편의상 사건이라 부를 만한 일의 개수
따위에 근거하지는 않아요. 두드러지는 특질을 잃지 않으
면서도 단편 속에 응축돼 들어갈 수 있는 행동으로 구성
된 소설들이 있어요. 좀더 긴 전개 과정이 필요한 주제가
지닌 특징으로 두 가지를 들 수 있는데요, 첫째, '등장인물
들의 내면세계가 점진적으로 펼쳐진다'이고, 둘째, '독자
들 마음속에 시간의 흐름이라는 감각을 생성시켜야 한다'
예요. 아주 다양하고 흥미진진한 성격을 띤 외부 사건들은

개연성을 잃지 않고도 단 몇 시간 속에 몰아넣을 수도 있겠지만, 도덕에 관한 드라마는 대개 영혼 속에 깊이 뿌리를 내리고 있는 탓에 한참 과거의 시간에서 시작돼요. 그런 드라마는 너무 급작스러워 보이는 충돌이 벌어진 순간에 정점에 도달하는데, 그 순간이 명분을 얻고 자명해지려면 직전까지 차근차근 단계별로 이야기가 이어져야 하죠.

실제로 단편 소설이 정점에 다다른 순간에 도덕적 드라마를 활용할 만한 사례들도 있습니다. 단 한 번 번쩍하는 회상만으로 충분히 훤히 비출 수 있는 종류의 사건이라면, 단편에 활용하기 좋죠. 그런데 너무 복잡한 주제인데다가 이어지는 상황도 상세한 서술이 당연할 만큼 아주 흥미진진하다면 시간의 흐름이 반드시 암시돼야 하고, 장편 소설 형식이 적합하죠.

단편 소설이 추구하는 압축성compactness과 즉각성instantaneity이라는 효과는 주로 두 가지 '통일성unity'을 지켜내면서 얻을 수 있어요. 하나는 오래되고 전통적인 시간의 통일이고, 다른 하나는 좀더 현대적이고 복합적인 통일인데, 빠르게 실행된 모든 에피소드를 오직 한 명의 눈으로 바라봐야 한다는 거죠.

이야기 속 중요 인물personage들이나 인물들을 둘러싼 상황에서 생긴 변화를 암시하는 데 충분할 정도로 긴 시간 간격을 표시하는 일만큼 이야기를 지연시키는 요소도 없다는 사실은 꽤나 명백합니다. 그런 간격은 단편 소설을 그저 지나치게 압축한 긴 이야기, 그러니까 장편 소설을 단조롭게 간추린 시나리오로 전락시키기 마련이죠. 장편 소설의 기법을 다룰 3장에서는 핵심 미스터리mystery를 탐색할 필요가 있을 겁니다. 미스터리란 독자의 마음속에서 그런 시간 흐름에 관한 감각을 만들어내는 기술인데, 이 방면에서 완벽한 대가라면 아마도 톨스토이를 꼽을 수 있겠네요. 한편 간결하게 만들기에는 지나치게 넓게 퍼져 있으면서 장편 소설로 잡아 늘이기에는 조직이 너무 성긴 주제에는 중간 수준쯤 되는 제3의 이야기 형식, 그러니까 긴 단편을 쓸 수 있다고 말할 수도 있을 거예요.

장편 소설을 살펴볼 때는 또 다른 통일성, 그러니까 시선의 통일성도 다룰 텐데, 장편에 관련해서는 훨씬 더 복잡한 문제가 되기 때문입니다. 헨리 제임스는 자기 예술에 관한 자기 생각을 체계화한 거의 유일한 소설가인데요, 물론 소설 분야 대가들은 오래전부터 (간헐적이더라도) 지켜온 내용이기는 하지만, 제임스가 처음으로 원칙을 구체적으로 규정했죠. 다른 소설가들은 글을 쓰려고 자리에

앉을 때마다 분명히 이렇게 자문했을 겁니다. '내가 이야기 하려는 이 일을 누가 봤을까? 반드시 전달해야 하는 이야기라는 말은 누구를 통해서 하지?' 이런 질문은 선택한 주제를 다루는 습작에는 반드시 선행돼야 할 듯한데, 왜냐하면 그 질문에 관한 답이 주제를 좌지우지하니까요. 그렇지만 그런 질문을 먼저 꺼낸 비평가는 아무도 없어 보였고, 이 일은 언제인가 경건하게 분리돼야 할 기술적 원칙들을 담은 결정판에 부치는 복잡한 서문들 중 하나에서 헨리 제임스가 처리할 몫으로 남겨졌죠.

어떤 두 사람에게도 완전히 똑같은 일은 절대 일어나지 않으며, 어떤 한 사건의 목격자들은 저마다 서로 다르게 사건 내용을 전달하리라는 점은 분명합니다. 하늘에서 내려온 어떤 감독관이 똑같은 테마를 제인 오스틴과 조지 메러디스[21]에게 정해준다면, 아마도 독자는 당혹스럽게도 공통분모조차 발견하지 못할 겁니다. 헨리 제임스도 이 점을 지적하면서 작가가 자기만의 특정한 사례를 되비추려 어떤 인물의 정신을 선택할 때는 최대한 폭넓은 관점을 취

---

21 메러디스(George Meredith·1828~1909)는 영국의 소설가이자 시인으로, 《리처드 페버럴의 시련(The Ordeal of Richard Feverel)》(1859)과 《이기주의자(The Egoist)》(1879) 등을 썼다.

할 수 있도록 위치를 정하고 구성해야 한다는, 어찌 보면 당연한 결론을 제시했습니다.

개연성이라는 궁극의 효과를 내려면 한 가지가 더 필요합니다. 바꿔 말하면 반영자reflector 구실을 하는 등장인물이 자기가 만든 사용역 범위에서 벗어나는 내용을 부자연스럽게 기록하게 두면 안 된다는 거죠. 건축 부지를 고르거나 집 방향을 결정할 때처럼 이야기꾼은 이 반영 주체의 정신세계를 신중하게 선택하는 일을 첫째 관심사로 삼아야 하고, 선택을 마친 다음에는 선택된 그 세계 안에서 살면서 그 주체가 할 법한 그대로, 더도 말고 덜도 말고, 무엇보다도 달라지지 않게 그대로, 느끼고 보고 반응하려 노력해야 해요. 그렇게 해야만 작가는 생각과 은유가 어긋나는 상황을 자기가 선택한 통역사 탓으로 돌리게 되는 사태를 피할 수 있거든요.

최소한의 요소

'좋은 단편'의 기본 규범이 (영구적인 의미에서) 무엇으로 구성되는지는 좀더 두고 볼 필요가 있습니다.

잘된 이야기와 잘된 장편 소설 사이의 면밀한 구분은 곧바로 드러납니다. (예술의 성취를 가늠할 수 있는 가장 확실한 기준은 생존이니) 장편 소설을 판단하는 기준은 '인물들이 **살아** 있어야 한다'라고 해도 지나치지 않습니다. 아무리 좋은 성과를 낼 만한 주제도 그것 자체로 어떤 소설을 계속 살아남게 할 수는 없는 듯해요. 소설 속 등장인물만이 그런 일을 할 수 있죠. 단편은 좀 달라요. 가장 위대한 단편 소설로 꼽히는 몇몇 작품이 지닌 생명력은 전적으로 어떤 상황에 관한 극적인 묘사 덕분이에요. 물론 그 상황에 연관된 인물들은 단순한 꼭두각시 수준은 넘어서지만, 그래도 분명 개별적 인간에는 조금 못 미칠 겁니다. 이런 측면에서 보면 장편 소설보다는 단편 소설이 초창기 소설^fiction 형식인 옛 서사시나 담시譚詩 [ballad]의 직계 후손이라 할 만해요. 이 초창기 형식의 소설에서는 행동이 중요한 사건이었고, 등장인물들은 단순한 꼭두각시 수준에 머물지는 않더라도 유형^type, 이를테면 몰리에르[22] 작품 속에 나오는 사람들을 넘어서는 사례는 거의 없었습니다. 이런 차이가 생기는 이유는 명백해요. 유형, 곧 일반적 인물은 단 몇 획만으로 제시할 수도 있지만, 끊임없이 바뀌는 상황 속에서도 이야기 속 행위자들이 각자 개별성을 계속 지닐 때 독자는 성격을 펼쳐 보이는 진행 과정이 필요하다고 본능적으로 느끼게 됩니다. 이 느리지만 지속적인 진전이 이어지려면 그럴 만한 공간이 있어야 하고, 따라서 이런 전개는 당연히 좀더 커다랗고 조화로운 계획에 속하게 되죠.

그러므로 기법 면에서 단편 소설과 장편 소설을 나누는 중요한 차이란 단편은 주된 관심사가 상황이고 장편은 주된 관심사가 등장인물이라는 말로 요약할 수 있겠어

---

22 몰리에르(Molière·1622~1673)는 프랑스의 희극 작가로, 《타르튀프(Tartuffe)》(1664)와 《구두쇠(L'Avare)》(1668) 등을 썼다.

요. 그렇다면 자연히 단편 소설에서 생성된 효과는 사실상 전적으로 형식, 곧 제시 방법presentation에 좌우된다는 결론에 다다르죠. 단편 소설은 장편 소설의 구조에 견줘 서술된 사건에서 훨씬 더, 아주 훨씬 더 생생한 인상을, 그러니까 **현존**한다는 느낌을 추구해야 하고, 예술이 지닌 진정한 자유분방인 주도면밀한 책략을 써서 미리 확보해야 해요. 단편 소설을 쓰는 작가는 자기가 선택한 일화가 그 속에 담긴 빛을 전부 뿜어내려면 어느 각도에서 그 일화를 제시해야 할지 알아야 할 뿐 아니라 다른 어떤 각도가 아니라 바로 그 특정한 각도만이 옳은 **이유**를 정확히 이해해야만 하죠. 그러므로 작가란 자기가 고른 주제를 곰곰이 되짚어 생각하고, 그러니까 이리저리 살펴보고, 파올로 우첼로[23]가 '정말 아름답다'고 한 원근법을 적용해야 합니다. 잘 익은 과일이 나무에서 저절로 떨어지듯 그 주제를 꾸밈없이 자연스러운 경험의 한 조각으로 독자 앞에 내밀 수 있게 될 때까지 말이죠.

작가가 복잡하게 얽힌 '소재material' 속을 더듬으며 그 엄

---

23 우첼로(Paolo Uccello·1397~1475)는 이탈리아의 화가로, 〈산 로마노의 전투(La Battaglia di S. Romano)〉(1439)와 〈성 게오르기우스와 용(Saint George and the Dragon)〉(1470) 등을 남겼다.

청난 혼란 사이에 갇혀 어떤 실제적인 해프닝이 튀어나오는 지점들 사이에서 망설이기 시작하는 순간, 독자는 비슷한 머뭇거림을 감지하게 되고, 현실성이라는 환상은 사라져버립니다. 인쇄된 지면에 적용되는 광학 원리를 지키지 않으면 연극을 상연할 때 무대에 적용되는 광학 원리를 지키지 않는 사례하고 마찬가지로 주제를 제대로 '전달'하는 데 실패하게 됩니다. 아무튼 단편 소설 작가는 기술적 수법을 최소한으로 써야 좋아요. 명민한 여배우일수록 분장을 최소한만 하잖아요. 그렇지만 결국 살아남는 최소한의 요소가 독자의 상상력과 작가의 상상력 사이를 잇는 유일한 가교라는 점을 늘 잊지 말아야겠죠.

도롱뇽과 따귀

니체[24]는 '끝을 내는' 데, 다시 말해 어떤 예술 작품이든 결론에 필연적인 느낌을 부

여하는 데에는 천재가 필요하다고 말했죠. 소설이라는 예술 분야에서도 장편 소설은 특히 그러한데, 천천히 쌓아올린 기념비 같아서 재료로 쓰인 돌마다 특유의 무게와 압력을 떠받치게 하고 가장 높은 탑의 균형을 고려해 기초를 세워야 해요. 반면 단편 소설은 작가가 시작을 어떻게 할지 아는 데 첫째 관심을 둬야 한다고 말할 수 있겠네요.

부적절하거나 비현실적인 결말은, 장편에서야 말할 것

---

24 프리드리히 니체(Friedrich Nietzsche · 1844~1900)는 독일의 철학자이자 시인으로, 《차라투스트라는 이렇게 말했다(Also sprach Zarathustra)》(1885) 등을 썼다.

도 없고 짧은 이야기가 지닌 가치를 떨어트리는데, 기계적으로 만든 '잡지용 이야기$^{magazine\ story}$'는 이런 점을 안타까우리만치 매번 어김없이 확인해줍니다. 그런 이야기란 '표준화된' 대여섯 가지 결말 중에서 무엇을 선택하든 서술된 내용의 4500번째 단어쯤에서 저절로 이야기가 마무리되도록 조정하죠. 분명한 사실은 모든 주제는 저마다 나름대로 규모를 지니니까 결론도 처음부터 나름대로 정해지기 마련이라는 겁니다. 그리고 나름의 가장 심오한 의미에 따라 이야기를 끝맺지 못하면 그 주제는 의미를 잃어버리게 됩니다.

그렇다 하더라도 일단 자기 주제를 다 익히고 나면 단편 작가가 눈길을 돌리는 첫째 관심사는 음악 용어로 치면 '어택^{attack}'[25]에 해당하는 것을 탐구하는 일입니다. 장편 소설의 첫 페이지에 작품 전체의 싹이 들어 있어야 한다는 규칙은 단편 소설에 적용하기가 훨씬 더 적합한데, 단편이 그리는 궤적이 워낙 짧아서 번쩍하는 불빛과 소리가 거의 동시에 일어나기 때문이에요.

---

25 어떤 선율이나 악구를 시작하는 일.

벤베누토 첼리니[26]는 자서전에서 어린 시절 어느 날 아버지하고 함께 벽난로 앞에 앉아 있다가 둘 다 불 속에서 도롱뇽을 본 이야기를 해요. 그때에도 이런 광경은 분명 흔치 않은 경험일 텐데, 아버지는 아들이 두 눈으로 본 일을 절대 잊지 못하게 하려고 곧바로 따귀를 때렸죠.

이 일화는 단편 작가들에게 격언으로 작용할지도 모르겠어요. 작가가 처음 가하는 타격이 생생하고 강렬하다면 곧바로 독자의 주의를 끌 테니까요. 이튼 스쿨에 다니는 어느 남자 학생이 교지에 실릴 이야기를 "'제기랄.' 공작 부인이 담배에 불을 붙이며 말했다'는 문장으로 시작하고 그다음 이어진 내용도 같은 수준이었다면, 공작 부인들이 담배를 피우거나 욕설을 하는 일이 비교적 드물던 시절에 이 내러티브는 틀림없이 후대에 전달됐겠죠.

여기에서 중요한 점을 또 하나 알 수 있어요. 독자에게 보여줄 도롱뇽이 없으면 독자의 따귀는 때려봐야 소용이 없다는 사실이에요. 만일 당신이 지닌 작은 불길의 심장부에 살아 움직이는 **뭔가**를 통해 생명력을 불어넣지 못한다

---

26 첼리니(Benvenuto Cellini·1500~1571)는 르네상스 시대 이탈리아의 조각가이자 화가, 작가, 군인이다.

면 아무리 고함을 지르거나 붙잡고 흔들어도 그 일화를 독자의 기억에 새겨 넣지는 못할 겁니다. 도롱뇽은 그 이야기를 들려줄 가치가 있는 뭔가로 만들어준 근본적 의미를 상징하죠.

생생한 도입부로 관심을 사로잡는 일은 요령을 넘어서는 뭔가가 돼야 합니다. 서술자가 주제에 관해 워낙 심사숙고한 덕분에 그 주제는 정말로 그 사람의 것이 됐고, 자기 내면에서 열심히 고쳐 다듬고 종합한 덕분에, 훌륭한 데생 화가가 대여섯 차례 붓질로 얼굴이나 풍광의 핵심 요소들을 담아내듯, 화자는 생략된 모든 디테일을 알려주는 단서가 되기 마련인 도입부 속에 자기 이야기를 '앉힐' 수 있어야 한다는 뜻이죠.

단서가 주어지면 작가는 따라가는 수밖에 없어요. 그렇지만 확실한 파악은 필수죠. 자기가 말하고 싶은 내용이 무엇인지, 또는 그 이야기를 들려줄 가치가 있다고 생각한 이유가 무엇인지 결코 한시도 잊어서는 안 됩니다. 그리고 작가가 자기 주제를 이렇게 꼭 붙들고 가려면 아무리 짧은 이야기라 하더라도 독자에게 들려주기 전에 충분한 숙고를 전제로 해야 합니다. 선택한 형식의 한계 탓에 등장인물들을 상세히 묘사하는 방식으로 현실성을 지닌 모습을 그리기는 힘들기 때문에, 단편 소설 작가는 모험 자체를 좀더 현실적으로 만들려는 경향이 있어요. 뉴욕에서 일하는 어느 유명한 프랑스 제과점 사장이 초콜릿이 훌륭하기는 한데 파리에서 만드는 제품하고 왜 똑같지 않으냐는 질문을 받았어요. 그 사람이 대답했죠. "비용 문제 때문에 여기서는 프랑스 제과점만큼 여러 차례 **다시 만들 수** 없으니까요." 다른 투박한 유추들을 통해서도 이 교훈을 확인할 수 있습니다. 단순해 보이는 소스일수록 가장 정교한 조합과 가장 완벽한 혼합을 거쳐 만들어야 하고, 단순해 보이는 옷일수록 심혈을 기울인 디자인이 필수라는 거죠.

선택이라는 귀중한 본능은 그런 기나긴 인내를 통해 희석되는데, 천재는 아니어도 천재성이 스스로 모습을 드러낼 때는 바로 그런 인내가 주로 의지할 대상의 하나여야 합니다. 이 지점에서 반복과 집요함에는 변명의 여지가 있어요. 이야기가 짧을수록 디테일은 더 많이 제거되고 '행동을 위해 치워'지며, 효과를 위해 잉여 요소들을 덜어낼 때 무엇을 남겨둘지 고르는 선택뿐 아니라 필수적인 요소들을 제시하는 순서에도 더 많이 좌우되니까요.

VI

소재의 경제

또 한 가지 위험에 맞서 단편 소설 작가를 지켜줄 유일한 요소는 바로 작가가 주제에 느끼는 깊은 친숙함입니다. 여기서 말하는 위험이란 작가가 에피소드를 선택해 단순히 스케치만 해놓고 만족하는 상태죠. 이런 유혹이 자꾸 커지는 이유는 치밀하고 난해한 글과 장황한 글에 거부감을 느끼는 몇몇 비평가들이 빈약한 글과 빡빡한 글을 과대평가하는 경향을 드러낸 탓이에요. 프로스페르 메리메가 쓴 이야기들은 종종 콩트의 모델로 언급되지만, 이 작품들은 전달해야 하는 모든 의미를 능숙한 솜씨로 추출해낸 에피소드를 과감하게 축약하기보다는 더 긴 이야기들을 숨 가쁘게 요약한 데 가까워요. 하나 또는 더 많은 차원을 없앤다면 간략히 만들고 테두리를 선명하게 긋기가 쉬워지죠.

플로베르와 뚜르게녜프 또는 스티븐슨과 모파상의 작품에 담긴 몇몇 이야기에서 볼 수 있듯, 진정한 성취란 협소한 공간 안에서 무한한 공기를 연상시키는 법이니까요.

독일의 '낭만파' 하인리히 폰 클라이스트[27]의 이야기들도 극단적인 소재의 경제economy of material로 찬사를 받아왔지만, 낭비를 강력하게 경고하는 사례로 보는 편이 나을 거예요. 개연성 없는 사건들을 기발하게 맞춰 이어가며 실행한 경제라고 해봐야 시각적이나 정서적으로 주제를 풍성하게 할 만한 요소를 전부 배제하는 방식뿐이니까요. 실제로 단편 《O 후작 부인The Marquise von O》을 보면, 어찌나 검약이 철저한지 인물도 머리글자만 등장하는 이 작품은 괴테의 《친화력》하고 다를 바 없는 좋은 장편 소설이 될 수 있는 요소들을 갖추고 있는데도 주제의 단순한 뼈대만 제시하는 단편 소설의 한계 안에 갇혀버렸죠.

'소재의 경제'라는 문구가 암시하는 또 다른 위험에는 장편이든 단편이든 소설가라면 누구나 노출됩니다. 장편에서든 단편에서든 소재의 경제란 거의 언제나 우연한 해

---

27 클라이스트(Heinrich von Kleist·1777~1811)는 《펜테질리아(Penthesilia)》(1808), 《프리드리히 폰 홈부르크 왕자(Prinz Friedrich von Homburg)》(1821) 등을 쓴 독일의 극작가다.

프닝, 사소한 에피소드, 뜻밖의 일과 모순의 증식 속에서 조언이 되기 마련이에요. 초심자들은 대부분 이런 종류의 소재를 자기 작품에 필요한 정도에 견줘 두 배 넘게 욱여넣습니다. 한 가지 소재를 깊고 충분하게 들여다보는 일을 망설이다 보면 표면만 꾸미는 게으른 습관에 젖어요. 연인들 사이에 벌어진 말다툼이라는 영원한 테마를 다룬 원고 한 편을 읽어달라는 부탁을 받은 적이 있어요. 말다툼한 둘은 화해했고, 갈등과 화해가 일어난 이유는 등장인물들과 상황 속에 분명하게 담겨 있었죠. 그렇지만 그런 일을 다루는 데 익숙하지 않은 작가는 둘이 재회하는 과정에 우연한 구실을 덧붙일 궁리를 해야겠다고 느꼈어요. 그래서 둘을 마차에 태우고, 말들이 달아나게 만든 뒤, 젊은 남자가 젊은 여자의 목숨을 구하게 했죠. 흔히들 저지르는 유치한 실수를 보여주는 사례예요. 이 소설가는 어떤 상황에 담긴 진정한 의미를 자꾸만 스쳐 지나가요. 상황이 그 모든 잠재적 가능성을 저절로 드러내게 두지 못하고, 신선한 효과를 모색한답시고 이리저리 질주한 탓이에요. 일단 어떤 주제에 매료된 때는 상황을 자의적으로 조합하려 헤매고 다니는 대신에 자기 마음속에서 그 주제가 서서히 자라나게 놓아둔다면, 이야기는 온실에서 억지로 익힌 과일이 지닌 무미건조함 대신 햇살을 받아 무르익은 과일처럼 따스한 향과 맛을 품게 될 겁니다.

소설 쓰기가 재산 관리에 견줄 만하다는 말은 일리가 있습니다. 경제와 지출은 그 안에서 각자 해야 할 구실을 담당해야 하지만, 그렇다고 해서 절대 인색함이나 낭비로 흐르면 안 되니까요. 진짜 경제는 어떤 주제가 선사할 수 있는 모든 의미를 마지막 한 방울까지 인출하는 일로 구성되고, 진짜 지출은 추출 과정과 재현 과정에 들이는 시간, 숙고, 진득한 노동으로 구성되죠.

결국 모든 것은 지출 문제로 돌아옵니다. 시간을 들이고, 인내하고, 습작을 하고, 생각을 하고, 수백 가지 흩어진 경험을 기억 속에서 축적하고 분류해 어느 순간 그중 하나가 갑자기 모습을 드러내 당신을 유혹하는 주제에 선명한 빛을 던지게 하는 데 드는 모든 비용 말이죠. 흔히 창의적 예술가의 정신은 거울이고 예술 작품은 그 거울에 비춘 삶의 반영이라고들 하지만, 잘못된 말입니다. 사실, 거울은 예술가의 정신이고, 그 거울에 예술가가 한 경험이 모두 반영됩니다. 그러나 아주 소박한 것부터 아주 위대한 것에 이르기까지 모든 예술 작품은 반영^{reflect}이 아니라 투사^{project}된 무엇, 그 위에 비친 작가의 경험들이 마치 정확한 합을

맞춘 순간의 천체들처럼 완전히 빛을 발하는 쪽으로 방향
을 돌리게 하는 무엇이어야 해요.

3장

—

장편 소설
구성하기

응접실과 겉치레

편하게 구분하면 심리 소설novel of psychology은 프랑스에서, 풍속 소설은 영국에서 태어났으며, 발자크의 대단한 두뇌에서 그 둘이 결합해 카멜레온 같은 희한한 피조물인 근대 소설이 탄생한다고 할 수 있겠는데, 근대 소설은 근간으로 삼는 모든 주제마다 그 형태와 색채를 달리하죠.

소설 영역 전반에서 풍속 소설이 가장 중요한 구실을 한 사실을 알 수 있는데, 여기서 영국이 끼친 영향은 압도적입니다. 예술 작품을 만들어낼 만한 선천적 적성만 충분했다면, 18세기 후반과 19세기 초반 영국 풍속 소설의 전성기는 질적으로나 본질적인 중요성 면에서나 다른 유파들을 능가할 수 있었겠죠.

발자크가 스콧에게 진 빚에 관해서는 이미 간단히 살

펴봤습니다. 초창기 프랑스 소설이 리처드슨과 스턴[01]에게 진 빚은 장편 소설의 역사에서 새삼스럽지 않아요. 그러나 영국 소설은 실제 방향으로 보면 리처드슨의 세밀한 분석이나 스턴의 산만한 유머에서 벗어나 풍성하고 힘이 넘치는 풍속 소설로 나아가고 있었죠. 스몰렛과 필딩은 리처드슨, 그리고 뒤이어 버니 씨[02]가 묘사한 격식 갖춘 응접실 안으로 신선한 공기와 소음, 거리의 소란스러움, 선술집의 음담패설을 끌어들였습니다. 이 영국 소설가가 지닌 독보적이고 대단한 재능은 예리하면서도 너그러운 관찰에 결합된 소박한 단순성이었죠. 필딩부터 조지 엘리엇[03]까지 이어지는 이 대단한 관찰자 무리들을 아우르는 전반적 분위기는 괜찮은 유머였고, 특유의 정취는 아이러니였어요.

제인 오스틴의 시대 전까지는 생활이라는 이것저것 뒤섞인 문제를 해명하지 않고도 이야기를 다룰 수 있었지만, 점잖은 겉치레의 물결이 밀려들기 시작하자 오스틴의 섬

---

01 로런스 스턴(Laurence Sterne·1713~1768)은 영국 소설가로, 자유 연상과 일탈을 중시하는 소설의 효시인 《트리스트럼 샌디(Tristram Shandy)》(1759~1767) 등을 썼다.

02 프랜시스 버니(Frances Burney·1752~1840)는 영국 소설가로, 풍속 소설이 발전하는 데 기여한 《에벨리나(Evelina)》(1778) 등을 썼다.

03 엘리엇(George Eliot·1819~1880)은 심리 분석 기법을 발전시킨 영국 소설가로, 《아담 비드(Adam Bede)》(1859), 《플로스 강의 물방앗간(The Mill on the Floss)》(1860), 《사일러스 마너(Silas Marner)》(1861), 《미들마치(Middlemarch)》(1871~1872) 등을 썼다.

세한 천재성이 빛을 발했죠. 교구 목사관 응접실[04]에서 이 신참 소설가가 꼿꼿이 지켜본 사실들 앞에 선 스콧은 시선을 피하고 있었습니다. 쇠사슬들이 만들어지고 조각상들에 휘장이 드리워지기 시작한 때는 새커리와 디킨스의 영향력이 커질 무렵이었죠. 새커리는 《펜더니스 이야기》에 부친 감상적인 서문에서 통렬하면서도 힘 있는 어조로 말했어요. "《톰 존스》를 쓴 저자[05]가 땅에 묻힌 뒤로는 우리 중에서 어떤 소설가도 인간을 제 성에 차게 묘사할 수 없게 됐다." 그리고 그토록 거창하게 시작한 이야기의 위축된 결론은 새롭게 나타난 제약들에 마비 효과가 들어 있다는 증거가 되죠. 요즘 몇몇 관점에서 보면 아주 낭만적이라 할 만큼 비현실적인 샬럿 브론테[06]의 소설들이 그때는 관능적이고 부도덕하다며 비난받았거든요. 그리고 한동안 영국 소설은 뮬록 씨[07]와 욘지 씨[08]가 쓰는 김빠진 우

---

04 제인 오스틴의 아버지는 교구 목사였다.

05 헨리 필딩을 가리킨다.

06 브론테(Charlotte Brontë·1816~1855)는 《제인 에어(Jane Eyre: An Autobiography)》(1847) 등을 쓴 영국 소설가다.

07 디나 마리아 뮬록(Dinah Maria Mulock·1826~1887)은 영국의 소설가이자 시인으로, 《신사 존 핼리팩스 씨(John Halifax, Gentleman)》(1856) 등을 썼다.

08 샬럿 메리 욘지(Charlotte Mary Yonge·1823~1901)는 영국의 아동 문학 작가로, 《레드클리프의 상속인(The Heir of Redclyffe)》(1853) 등을 쓰고 소녀 대상 잡지를 편집했다.

화들로 전락할 위험에 놓여 있었죠.

진실에 맞선 이런 반동, 곧 인간의 희극과 비극이라는 온갖 현실 문제들을 다루는 일에 관련된 이토록 급작스러운 두려움만 아니라면, 새커리는 천부적 재능에 힘입어 가장 위대한 작가 반열에 오를 수도 있었고, 앤서니 트롤럽[09]은 제2의 제인 오스틴이 될 수도 있었죠. 그리고 새커리 이후 영국 소설가 중에 가장 풍부한 재능을 타고난 조지 엘리엇은 비난과 권면 때문에 자꾸만 멈칫거리는 대신 보물 같은 위트와 아이러니와 다정다감을 쏟아낼 수 있었겠죠.

그렇지만 예술가가 자기 재능을 적절히 발전시키려면 주변 상황에 의존하기 마련입니다. 그리고 이 소설가들은 모두 사회적 관습이라는 위험 요소에 제약받았지만, 대륙 출신 동시대 작가들은 운 좋게 탈출했죠. 다른 민족에 속한 예술가들은 늘 균형 잡힌 태도를 가지도록 허용되기도 하지만 강요도 받았습니다. 보편적 가치들에 값을 매기면 발자크, 스탕달, 톨스토이가 새커리보다 우위에 놓이는데, 그 기준은 어떤 월등한 천재성도 훨씬 뛰어넘는 바로 이런

---

09 트롤럽(Anthony Trollope·1815~1882)은 영국의 소설가로, 《바셋 주의 마지막 연대기(The Last Chronicle of Barset)》(1867) 등을 썼다.

차이에 있었어요. 대륙의 위대한 소설가들은 모두 앞 세대 영국 작가들에게 스스로 인정한 빚이 있죠. 그 소설가들은 특유의 풍족함, 유쾌함, 비애감 속에서 영국 풍속 소설을 받아들였고, 그이들의 손에서 '그것은 나팔이 됐습니다.'[10]

한 가지 측면에서 영국 소설가들은 여전히 최고죠. 그리고 핵심은 누구든 괜찮다 할 만한 유머와 풍속이 확산한 데 있는데, 이런 현상은 희극과 비극에 모두 해당합니다. 거침없고 신랄한 프랑스 소설과 비통하고 과도한 러시아 소설은 대체로 이 섬세한 영국 소설의 쾌활함[bonhomie]을 지나쳐 한참 더 멀리 가버린 나머지 맑고 서늘한 찬바람을 남기는데, 별로 해롭거나 아주 자극적이지 않고 신선하면서도 여운이 충분히 길게 이어지죠. 빈번하고 훌륭한 유머도 비극의 온전한 표현을 방해하지 못해요. 오히려 새커리의 《펜더니스 이야기》와 《허영의 시장》, 조지 엘리엇의 《미들마치》와 앤서니 트롤럽의 《바셋 주의 마지막 연대기》 속 몇몇 장면에서 마지막 쓰라린 감정을 추출

---

10 워즈워스가 쓴 시 〈소네트를 멸시하지 말라(Scorn not the Sonnet)〉의 한 구절로, 존 밀턴이 쓴 소네트를 찬미한 표현을 인용했다. 소네트는 일정한 압운 체계를 지닌 14행으로 된 서정시를 가리킨다.

해내는 데 한몫하니까요. 리드게이트[11]의 말년이나 프루디 부인[12]의 최후가 한층 더 끔찍해 보이는 이유는 정정당당한 태도나 자두푸딩 같은 물건이 가득한 안전하고 점잖은 분위기 속에서 숨죽이게 되기 때문이죠.

그다음 19세기 영국 소설가들을 방해한 겉치레라는 제약이 모두 와해되고 난 뒤 (누군가가 재치 있게 이름 붙인) '이제는 말할 수 있다now-that-it-can-be-told' 유파는 '더러운 것은 더럽게'의 정반대 극단으로 치닫기 시작했는데, 여기에서는 어떤 진정한 예술 작품도 나오지 않았습니다. 어쩔 수 없는 반응이었죠. 버틀러[13]가 쓴 위대한 소설 《만인의 길The Way of All Flesh》이 인간 품행의 주된 원천들을 진중하면서도 차분하게 다룬 탓에 20년 넘게 미출간 상태로 방치된 사실을 기억하는 사람이라면 요즘 라블레[14]나 아폴레이우스[15]를 잘 모르는 대중들이 공들여 제작한 남학생용 포르

---

11 《미들마치》 속 등장인물이다.
12 《바셋 주 연대기》 중 《바체스터 탑(Barchester Towers)》 속 등장인물이다.
13 새뮤얼 버틀러(Samuel Butler·1835~1902)는 영국의 소설가로, 1903년에 출간한 《만인의 길》과 《에레혼(Erewhon)》(1872) 등을 썼다.
14 프랑수아 라블레(Francois Rabelais·1494~1553)는 르네상스 시기 프랑스의 작가로, 《팡타그뤼엘(Pantagruel)》(1533)과 《가르강튀아(Gargantua)》(1535) 등을 썼다.
15 루키우스 아풀레이우스(Lucius Apuleius·124~170(?))는 로마의 풍자 작가로, 《황금 당나귀(The Golden Ass)》 등을 썼다.

노그래피를 천재적 작품인 양 오인하는 현실에 놀라지 않을 겁니다. 균형은 자유라는 습관을 통해 회복될 거예요. 신참 소설가들은 삶을 꾸준히 응시하는 일이 삶 전체를 자세히 이야기하는 일보다 훨씬 더 중요하다는 점을 깨닫게 될 테고요. 그리고 좀더 사려 깊은 대중은 한층 더 원숙해져 더욱 원숙한 예술을 누릴 준비를 갖추게 될 겁니다.

유형과 분류

간략히 보자면 소설은 대부분 풍속 소설, 인물(또는 심리) 소설, 모험 소설 등 세 가지 유형 중에 하나로 분류될 수 있습니다. 이 정도 분류면 다양한 방법들을 충분히 설명할 수 있다고 생각할지도 모르겠네요. 그런데 각 유형을 대표하는 전형적인 사례로, 첫째 유형은 《허영의 시장》, 둘째 유형은 《보바리 부인》, 셋째 유형은 《롭 로이Rob Roy》[16] 또는 《밸런트레이 귀공자The Master of Ballantrae》[17] 정도를 들 수 있겠습니다. 이런 분류는 소극笑劇형 풍속 소설, 로맨스 소설, 철학적 로맨스 소설이라 부를 만한 작품까지 포괄하는 하

---

16 월터 스콧이 1817년에 발표한 소설.
17 로버트 루이스 스티븐슨이 1889년에 발표한 소설.

위분류를 추가해야 합니다. 곧바로 독자들 머릿속에는 첫째 하위분류로 《픽윅 클럽 여행기The Pickwick Papers》,[18] 둘째 하위분류로 《해리 리치먼드의 모험The Adventures of Harry Richmond》[19]이나 《파르마의 수도원La Chartreuse de Parme》,[20] 또는 《로나 둔Lorna Doone》,[21] 셋째 하위분류로 《빌헬름 마이스터의 수업시대Wihelm Meisters Lehrjahre》[22]나 《쾌락주의자 마리우스Marius the Epicurean》[23]가 떠오를 겁니다.

마지막으로, 분류할 수 없는 구역에는 《존 잉글리선트John Inglesant》,[24] 《라벤그로Lavengro》,[25] 그리고 스위스의 대작 소설 《초록의 하인리히Der Grune Heinrich》[26] 같은 매혹적인 혼합형 작품들이 부유하는데, 이런 작품에는 판타지, 로맨스, 지극히 소박한 현실이 무척 독특한 방식으로 뒤섞여 있죠.

---

18 찰스 디킨스가 1837년에 발표한 소설.

19 조지 메러디스가 1871년에 발표한 소설.

20 스탕달이 1839년에 출판한 소설.

21 영국 작가 리처드 블랙모어(Richard Doddridge Blackmore·1825~1900)가 1869년에 발표한 소설.

22 괴테가 1795년에 발표한 교양 소설.

23 영국 작가 월터 페이터(Walter Pater·1839~1894)가 쓴 소설.

24 영국 작가 조지프 헨리 쇼트하우스(Joseph Henry Shorthouse·1834~1903)가 1881년에 출간한 사상 소설.

25 영국 작가 조지 보로우(George Borrow·1803~1881)가 1851년에 출간한 소설.

26 스위스 소설가 고트프리트 켈러(Gottfried Keller·1819~1890)가 1880년에 발표한 자전적 작품이다.

마지막 두 범주, 그러니까 순수 로맨스형 또는 혼합 로맨스형에서는 프랑스 소설이 단 한 편만 거론된 사실을 알 수 있을 겁니다. (영국에서 빌려온) '낭만주의romanticism'를 자기 것으로 소화한 이 프랑스의 기풍은 로맨스romance의 언저리에 닿는 법도 거의 없었죠. 《트리스탄과 이졸데Tristan and Iseult》[27]와 숱한 후예들이 태어난 곳은 일드프랑스Ile de France[28]가 아니라 브로셀리앙드Broceliande[29]니까요.

근대 소설을 더 살피기 전에 덧붙일 말이 있는데, 세 가지 주요 유형에서 마지막 범주인 모험 소설novel of adventure이 가장 덜 중요한 이유는 가장 덜 근대적이기 때문이라는 겁니다. 이런 특징 자체가 모험 소설에 관한 일말의 평가 절하를 내포한다는 사실을 알렉상드르 뒤마,[30] 허먼 멜빌,[31] 메리엇 선장,[32] 스티븐슨의 떠들썩한 유쾌함을 생생히 기

---

27 중세 유럽의 전설에서 유래한 이야기로, 오페라와 영화, 문학 작품 등으로 다양하게 변주됐다.

28 프랑스 북부에 있던 옛 주의 이름.

29 중세 소설과 전설에 자주 등장하는 신비로운 숲으로, 켈트족이 이주해 산 프랑스 서부 브르타뉴에 있다.

30 뒤마(Alexandre Dumas·1802~1870)는 프랑스의 소설가로, 《몽테크리스토 백작(Le comte de Monte Cristo)》(1844~1845)과 《삼총사(Les Trois Mousquetaires)》(1844) 등을 썼다.

31 멜빌(Hermanl Melville·1819~1891)은 미국의 소설가로, 《모비 딕(Moby Dick)》(1851) 등을 썼다.

32 영국 해군 장교 출신으로 항해 소설 《해적과 세 척의 돛배(The Pirate and the Three Cutters)》(1836)을 쓴 프레드릭 메리엇((Frederick Marryat·1792~1848)을 가리킨다.

억하는 작가라면 잠시도 인정하고 싶지 않을 겁니다. 그러나 화려한 모험담은 롤랑Roland[33]과 동료들 이전에는 음유 시인이 켜는 하프에 맞춰 노래로 불렸겠고, 바빌로니아에서는 요셉과 형제들이 저잣거리에 나가 이야기로 전했겠죠. 모험담은 그 뒤 등장한 모든 다양한 소설을 낳은 근원일 수밖에 없고, 모험담을 들려주는 현대의 이야기꾼들은 태초부터 '이야기 또 해줘요'라는 유구한 요청으로 탄생한 이미 완벽하던 공식에 별다른 혁신을 도입하지 않았죠.

분류하려는 시도는 죄다 학교 시험과 교과서에나 속한 영역 같고, 그 유명한 시험 문제 수준으로 논의를 전락시키는 일처럼 보일지도 모릅니다. 이를테면 워즈워스의 시구 '오 뻐꾸기여, 너를 새라고 부를까 아니면 방랑하는 목소리라고 부를까O cuckoo, shall I call thee bird, or but a wandering voice?'를 두고 학생에게 '둘 중 더 낫다고 생각하는 선택지를 고르고, 그 이유를 말하라'는 식이죠. 어떤 의미에서 분류란 늘 자의적이며 평가 절하로 이어집니다. 그렇지만 소설가의 마음에는 그런 구분들이 유기적 실제들을 표상하죠. 여성

---

33 르네상스 시대 프랑크 왕국의 기사로, 유명한 중세 무훈시 《롤랑의 노래(La Chanson de Roland)》에도 등장한다.

이 학교에서 《허영의 시장》을 무슨 항목으로 분류하도록 배우는지는 별로 중요한 문제가 아니에요. 그러나 창작자 관점에서 보면 분류란 방식과 시각의 선택을 의미하고, 자기가 고른 주제를 어떤 식으로 그려낼지 새커리가 정확히 안다는 사실은 매우 중요한 문제였어요. 어느 여성 모험가 이야기로 단순하게 다룰 수도 있었고, 그냥 정직한 부부의 로맨스나 역사 소설로 다룰 수도 있었지만, 이런 방식 전부, 그리고 그 밖의 훨씬 더 많은 방식들로 그려내죠. 사실, 새커리가 고른 주제는 작품 제목이 약속하는 전부이기도 해요.

많은 주제들에 두세 가지 소설 유형의 요소들이 포함돼 있다는 바로 그 사실 때문에 어떤 방법을 이용할지는 소설가가 가장 먼저 결정해야 할 문제의 하나죠. 이를테면 발자크는 《고리오 영감》과 《외제니 그랑데》에서 어쨌거나 똑같은 요소들이 여럿 포함된 주제를 다루는 두 가지 다른 방식을 보여줘요. 한 작품에서는 비극적인 아버지를 거대한 사회적 전경全景으로 에워싸지만, 다른 작품에서는 세세하게 종속된 등장인물 서너 명이 살고 있는 나른한 시골 동네라는 협소한 배경에 대비되는 거대한 몰리에르적 돋을새김 속에 구두쇠 아버지를 투사합니다(구두쇠 이름

을 제목으로 붙여야 했죠).[34]

또 다른 종류의 혼합형 소설도 있지만, 여기에서 아주 특징적으로 두드러지는 부분은 문제보다는 방식이라 하겠어요. 작품이 거의 대화로 된 소설로, 이를테면 '집시들의' 인기 있는 이야기 형식을 모방하죠. 이런 표현 방법이 필요한 어떤 특정 부류의 주제가 있는지에 관련해서는 논의를 좀 해봐야 합니다. 헨리 제임스는 그렇다고 생각했고, 억지스럽게 꾸며낸 듯한 《사춘기》는 나름대로 '소소한 내용을 집시들 방식으로' 써보려는 자신만만한 시도였어요. 작가가 따로 지적하기 전에는 독자들이 둘 사이의 유사점을 거의 알아차리지 못했죠. 희한하게도 제임스는 그래도 극문학 범주에 속하지 않는 특정 주제들은 내레이션보다는 수다를 통해 전달돼야 한다고 굳게 믿었어요. 더욱 희한한 점은, 섬세하고 미묘한 작품인 《사춘기》, 모든 어스름한 빛과 그림자, 모든 암시와 점증과 변천이 대개 그런 표현 방법에 적합하다고 믿은 거죠.

헨리 제임스가 자기 작품에 관련된 모든 의견에 과민

---

34 《외제니 그랑데》의 주인공은 외제니이지만, 주제를 상징하는 인물은 외제니의 아버지다. 몰리에르가 쓴 《구두쇠》의 주인공 아르파공처럼 편집적이고 탐욕스런 이 시골 지주를 발자크는 초기 자본주의를 대표하는 전형으로 그린다.

한 탓에 이 문제를 작가하고 논의하기는 어려웠습니다. 그러나 가장 열렬한 지지층은 《사춘기》가 대화 형식에 집중하면서 얻은 것보다는 잃은 것이 많다고 느낄 거예요. 그리고 혼합형 극 대신 장편 소설로 다룬다면 작가는 엉클어진 대화 속에서 갈피를 잃는 대신 '정연한' 내러티브라는 의무에 따라 핵심 문제를 직면하고 상세히 설명해야 할 상황에 놓일지도 모르겠네요. 어쨌든, 이런 사례는 소설가에게든 독자에게든 '대화형' 소설이 지닌 장점을 납득시키는데 별 효과가 없을 겁니다. 사실, 독자들이 접하는 표현 양식mode은 모든 사안 중에서 가장 어려운 문제이고, 늘 주제의 성격에 따라 결정돼야 합니다. 그리고 당장 대화가 필요한 주제라면 그만큼 극이라는 특수 장치를 전면에 내세워야 하는 종류로 곧바로 분류되는 듯하고요.

'상황'이 최우선은 아닌 모든 주제에 관련해 장편 소설이 지니는 압도적 우위란 바로 그 자유, 그러니까 이런저런 표현 형식을 옮겨다니는 용이성에, 그리고 내러티브를 통한 부연 설명과 해설의 가능성에 있습니다. 관습convention은 모든 예술의 첫째가는 필수품이죠. 그러나 제 나름의 족쇄를 차고 있는 것들에 또 다른 형식의 족쇄를 더할 이유는 없어 보여요. 웅장한 관현악 같은 효과부터 현 하나가 일으키는 미약한 진동까지 유연성과 다양성을 폭넓게 갖춘 내러티브는 장편 소설의 실질적 내용을 제공해야 해요. 대화란 소중한 첨가물 같아서 절대 첨가물 수준을 넘어서면 안 되고, 음식 전체에 양념 한 방울로 풍미를 더하듯 능숙한 솜씨로 조금만 써야 하죠.

소설에서 대화 사용법은 꽤 확고한 규칙을 세워둘 수 있는 몇 안 되는 사항의 하나인 듯해요. 절정의 순간들을 위해 아껴둬야 하고, 해변의 관찰자를 향해 휘어드는 거대한 내러티브의 파도가 부서지며 만들어내는 물보라로 여겨야 하죠. 솟아오르다가 부서져 흩어지는 파도, 반짝이는 물보라, 심지어 짧고 불규칙한 문단들로 나뉜 지면의 시각적 광경 자체, 이 모든 요소들은 그런 클라이맥스들과 미끄러져 내리며 부드럽게 지워놓은 내러티브적 간격들 사이의 대비를 부각시키는 데 일조합니다. 그리고 대비는 개입형 내레이션에 의지하는 작가의 작품 생산에 필요한 시간의 흐름이라는 감각을 고양시킵니다. 그러므로 대화를 아껴 쓰는 방식은 이야기 구성에서 위기 국면을 부각하는 데뿐만 아니라 이야기 전체에서 연속적인 전개가 발휘하는 효과를 높이는 데도 도움이 됩니다.

내러티브 대신 대화를 쓰는 방식에 반대하는 또 다른

논거는 이 방법이 낭비적이고 우회적이라는 점입니다. 대화를 지나치게 써서 생동감이나 현존성이 주는 효과를 높이는 방법은 주제가 무엇이든 전체 분량의 절반을 넘게 되면 독자에게 별로 도움이 되지 못합니다. 그 뒤부터 독자는 자기가 앞선 장들을 너무 손쉽게 지나쳐온 대가를 이야기가 끝나기 전에 반드시 치르게 돼 있다는 느낌을 받을 겁니다. 이 문제는 이 방법에 태생적입니다. 현실에서 둘 또는 몇 명이 이야기를 나눌 때는 자기들끼리 이미 이해한 내용은 대화에서 모두 생략됩니다. 그런데 소설가가 강조를 하려 하든지 이야기를 이어가려 하든지 대화를 수단으로 활용할 때 등장인물들은 상대가 알고 있다는 사실을 각자 이미 알고 있는 많은 일까지 서로 말해줘야만 합니다. 실제 있을 법하지 않은 대화라는 충격적인 결과물이 나오는 사태를 피하려면, 인물들 사이에 오가는 대화는 현실성을 갖춘 평범한 말들을 엉뚱하게 조금씩 섞고, 잡담이라 할 만한 내용도 넣어서 반드시 희석시켜야 해요. 트롤럽이 쓴 이야기 중에 가장 안 좋은 부분이 그렇듯, 독자가 책장을 넘기는 족족 장황하게 펼쳐지는 대화는 체념한 듯 미적거리다가 내러티브 한 단락이면 닿을 수 있을 지점에 혼란스럽고 지친 모습으로 도착하게 되니까요.

Ⅲ

타고난 소설가와 자칭 소설가

단편 소설을 쓸 때 계획 단계와 전개 단계의 모든 디테일을 일일이 생각해야 한다는 데 제가 지나치게 파고드는 듯 보일지도 모르겠어요. 그렇지만 단편 소설은 일종의 즉흥이자, 스쳐가는 공상이 임시로 머무는 거처죠. 기초가 탄탄하고 견고한 기념비적 건축물이 돼야 하는 장편 소설에 견주면 그렇다는 말이에요.

규모만 다르지는 않아요. 단편은 단편이 되고 장편은 장편이 되는 이유들이 따로 있으니까요. 전형적인 단편 소설이 둘 이상의 삶을 잇는 극적인 클라이맥스를 축소해놓은 이야기라면, 전형적인 장편 소설은 대개 시간 간격에 따라 나뉜 일련의 사건들이 점진적으로 전개되는 과정을 다루는데, 그 사건들 속에서는 주요 인물뿐 아니라 많은 사람이 어느 정도 종속된 배역을 수행합니다. 이제 돛을 걷거나 갑판을 정리하면서 대비 태세를 취할 필요가 없어요. 장편을 쓰는 소설가는 자기 주제에 필요하고 자기가 지닌 선박 조종술이 허락하는 한 최대한 돛을 펴고 되도록 많은 승객을 태워야 합니다.

그렇지만 장편 소설의 테마는 단편 소설에 적합한 테마하고는 구별되는데, 기준은 등장인물 숫자라기보다는 시간의 흐름을 표시하거나 연쇄적 감정 상태를 세세히 분석하는 데 필요한 공간입니다. 감정 상태가 한 명의 가슴 속에 모두 억눌려 있거나 《크로이처 소나타The Kreutzer Sonata》처럼 짧은 기간 안에 욱여넣어져 있을 때도 뒤의 구분은 유효하다는 설명을 덧붙이고 싶네요. 《크로이처 소나타》나 《이반 일리치의 죽음The Death of Ivan Ilyich》,[35] 또는 《아돌프 Adolphe》[36]를 단편으로 분류할 생각을 하는 사람은 아무도 없을 테니까요. 그리고 이런 예들은 형식들 사이를 뚜렷하게 구분하기 어렵다는 증거이기도 하죠. 마지막 차이점

---

[35] 《크로이처 소나타》와 《이반 일리치의 죽음》은 톨스토이가 각각 1889년과 1886년에 출간한 소설이다.

[36] 스위스 로잔에서 태어난 프랑스 작가 벵자맹 콩스탕(Benjamin Constant·1767~1830)이 1816년에 발표한 소설이다.

은 좀더 깊은 차원에 자리합니다. 장편 소설은 오직 단 한 명에 관한 이야기일 수도 있고 그 한 사람의 인생에서 단 몇 시간에 관한 이야기일 수도 있지만, 그렇다고 해도 모든 의미와 관심사를 하나도 잃지 않은 채 단편 소설의 테두리 안으로 축소시킬 수는 없어요. 선택한 주제의 성격에 달려 있죠.

단 한 명에 관한 소설을 살펴본 만큼, 더 이야기하기 전에 자전적 또는 '주관적' 유형의 소설에 관한 짧은 부연 설명부터 하는 편이 좋겠습니다. 장편 소설 기법을 연구하면서 《클레브 공작 부인》, 《아돌프》, 《도미니크Dominique》[37] 같은 이 부류에 속한 몇 안 되는 걸작들을 거의 제쳐두다시피 할 수도 있겠어요. 뮈세가 쓴 《세기아의 고백Confession d'un Enfant du Siecle》[38]처럼 이 작품들도 장편 소설에서 거리가 멀다는 이유를 들면서 말이죠. 사실 이 작품들은 천재 작가들이 쓴 자서전의 일부분이나 다름없으며, 자서전을 쓰는 재능은 소설을 쓰는 재능하고는 그다지 관련이 없는 듯해요. 앞서 예로 든 작가들 중에서 다른 장편 소설을 더 발

---

37 프랑스 출신 작가이자 화가인 외젠 프로망탱(Eugène Fromentin·1820~1876)이 쓴 소설이다.

38 프랑스의 낭만주의 시인 알프레드 드 뮈세(Alfred de Musset·1810~1857)가 쓴 소설이다.

표한 사람은 마담 드 라파예트뿐인데, 라파예트가 쓴 다른 작품은 별다른 관심을 끌지 못했죠. 모든 예술에서 다작이야말로 천직이라는 가장 확실한 증거의 하나 같아요. 이 다작 재능은 아주 소규모로 존재하기도 하는 요소라서 소설 분야에서는 발자크, 새커리, 톨스토이 같은 작가들뿐 아니라 '기차에서 읽는 가벼운 소설railway novel'을 쓰는 사람들에게도 있죠. 그렇지만 대개는 위대한 창의적 예술가들에게서 볼 수 있는 특징입니다. 뭐가 됐든 재능을 타고난 사람은 대개 그 일을 고집스럽게 지속적으로 계속하기 마련이에요.

타고난 소설가와 자칭 소설가를 구분하는 또 한 가지 증거가 있습니다. 자칭 소설가는 객관적 능력이 없어요. 주관적 작가는 이야기를 전체적으로 조망하고 설정setting에 연결시킬 수 있을 만큼 충분히 끌고갈 능력이 부족하거든요. 그러다 보니 중요하지 않은 등장인물들은 주요 인물(작가 자신)에게 딸린 위성에 지나지 않은 존재로 남아 있다가 주된 발광체가 빛을 비춰주지 않으면 사라져버립니다.

그런 작품 중에도 간혹 걸작이 있답니다. 그러나 '소설 쓰는 기술'을 가상의 등장인물들을 창작하고 그 인물들이 겪는 가상의 경험을 고안하는 일로 이해한다면, 아무튼 이것보다 더 딱 떨어지는 정의는 없는 듯한데요, 그렇다면 자전적 이야기는 엄밀히 말해서 소설이 아니죠. 이야기를 만들어내는 데 객관적으로 창의적인 노력은 전혀 안 들어 갔으니까요.

그렇다고 해서 타고난 소설가들은 절대 자전적 소설을 쓰지 않는다는 이야기는 아니에요. 누구나 반대 사례들이 머릿속에 떠오를 테고, 그중 가장 대표적인 작품은 《크로이처 소나타》일 겁니다. 이런 작품과 《아돌프》 사이에는 간극이 있어요. 톨스토이가 쓴 이야기는 지극한 고통에 시달리는 자기 영혼에 관한 고찰이라는 점이 거의 확실하지만, 오셀로[39]만큼이나 객관적이니까요. 마술적 전환이 일어났죠. 이 이야기를 읽을 때는 그대로 되살려놓은 **현실 세계**(진짜 옷을 입힌 밀랍 인형들이 전시된 일종의 마담 투소 박물관[40])에 있는 듯한 느낌은 들지 않고, 예술가의 머릿속에서 전환된 삶의 이미지에 해당하는 다른 세계, 그러니까 창조의 숨결로 모든 것이 새로워진 세계에 있다는 느낌에 빠져들죠. 《크로이처 소나타》를 읽고 톨스토이를

---

39 셰익스피어 4대 비극의 한 편인 《오셀로(The Tragedy of Othello, the Moor of Venice)》 (1604~1605 추정)의 주인공.
40 유명 인사를 재현한 실물 크기 밀랍 인형을 전시하는 박물관이다.

처음 안 사람이 있다면, 그 작품이 객관적 두뇌 활동, 그러니까 전혀 다른 종류의 장편 소설들을 이미 만들어낸, 또는 앞으로 만들어낼 만한 두뇌 활동으로 창조된 세계라는 설명은 굳이 필요 없겠죠. 반면 《도미니크》나 《아돌프》 같은 책을 만나면 이렇게 말할 거예요. "소설가가 만든 허구가 아니라 천재의 자기 분석이군."

진짜 소설과 소설을 가장한 자서전 사이를 잇는 연결 고리라 할 만한 유명한 책이 한 권 있습니다. 바로 괴테가 1774년에 출간한 《젊은 베르테르의 슬픔Die Leiden des Jungen Werther》이죠. 아직 소설 쓰는 기술이 능숙하지 않던 젊은 천재는 여기에서 자기가 겪은 불행한 사랑 이야기를 최소한의 요소만 감춘 채 털어놓았어요. 이야기는 아주 주관적입니다. 주인공을 단 한 번도 **바깥의 시선에서 바라본** 적이 없고, 주변 인물들을 실현되지 않은 일들로 가득한 어중간한 상태에서 좀처럼 꺼내주지도 않아요. 그러나 《젊은 베르테르의 슬픔》과 《아돌프》는 차이가 얼마나 뚜렷한가요! 《아돌프》는 이야기가 완전히 자족적이고, 가상의 인물들이 지나온 생애를 투사할 작가 내면의 힘이나 욕망이 전혀 보이지 않습니다. 《젊은 베르테르의 슬픔》은 다릅니다. 이제 막 싹트는 창작의 재능으로 모든 장면이 짜릿해요. 사랑에 빠진 주인공은 자기가 겪는 고통에 지나치게 매몰된 나머지 자기 바깥에 있는 존재들을 조명하지 못하죠. 샤를로테가 어린 동생들을 위해 삶을 꾸려가는 방식에 주목하고 부르주아식 유머와 숲속 무도회 같은 목가적 매력을 선보인 젊은 괴테는 이미 소설가였답니다.

북적대는 무대

형식은 앞서 정의한 대로 시간과 중요도의 순서, 곧 내러티브 속 사건들이 편성되는 순서인데, 이 문제는 여러 뚜렷한 이유 때문에 단편 소설보다 장편 소설에서 다루기가 더 어렵고, 풍속 소설에서 가장 어렵습니다. 무대에 더 많은 인물이 북적대고, 개인적 분석과 사회적 분석이 끊임없이 서로 얽히기 때문이죠.

19세기 초 영국 소설가들은 이중 플롯이라는 순전히 인위적인 제약에 여전히 심하게 얽매여 있었어요. 두 갈래로 나뉜 모험이 나란히 번갈아가며 등장했는데, 각각에는 별개의 두 집단에 속한 사람들이 관련돼 있고, 그 두 집단 사이에 연결 고리가 없다시피 한 사례가 간혹 보이지만, 깊은 유기적 연결은 언제나 전혀 없었죠. 디킨스, 조지 엘리엇, 트롤럽을 비롯한 그 시대 대부분의 작가가 쓴 소설마다 이렇듯 지루하고 의미 없는 관습이 남아 있어서, 일련의 사건들이 각각 진행되는 과정을 막아서고 독자의 주의를 흩트려놓았습니다. 두 이야기를 마치 공으로 저글링을 하듯 계속 돌리는 인위적인 묘기는 새커리가 《허영의 시장》이나 《뉴컴 일가》에서, 또는 발자크가 《고리오 영감》에서 보여준 전형적인 사교 집단들 사이의 뒤얽힌 전개를 따라가려는 시도하고는 전혀 달라요. 이런 사례에서는 가족이든 더 큰 규모의 집단이든 이 별개 집단들은 어떤 의미에서 보면 **이야기의 주인공**인 양 가장하고 있으며, 각자의 운명은 《사일러스 마너》 같은 이야기처럼 좁은 무대 위에 놓인 인물 두세 명의 운명만큼이나 촘촘하게 얽히죠.

이중 플롯은 오래전에 사라졌고, 일정한 수의 등장인물을 자의적으로 끼워 맞춰야 하는 정교한 퍼즐이라는 의미에서 보면 '플롯' 자체도 폐기된 관습들을 쌓아둔 헛간으로 함께 가버렸습니다. 그러나 병렬식 이야기의 흔적은 젊은 작가들이 종종 느끼는, 한 장면에 지나치게 많은 요소를 집어넣어야 할 듯한 강박 속에 남아 있죠. 이런 유혹은 풍속 소설을 구상할 때 유독 커집니다. '인생의 한 구획'을 묘사할 때, 어떻게 해야 북적대는 무대를 피할 수 있을까요? 해답은 주요 등장인물로 매우 전형적인 유형을 선택함으로써 각 인물이 사회적 배경의 어느 한 구획 전체를 함축하게 하는 겁니다. 북적대는 상황을 만드는 인물이나 쓸데없이 주의를 분산시켜 독자에게 혼란을 일으키는 인물이 있다면, 그 사람이 바로 필요 없는 등장인물이겠죠. 그러나 부수적이지만 꼭 필요한 등장인물도 주요 인물들을 아주 전형적으로 만들어 타인들 대부분의 모습을 슬쩍 똥겨주면 숫자를 크게 줄일 수 있을 테고요.

테아트르 프랑세Théâtre Français에는 의자, 탁자, 심지어 탁자 위에 놓인 물 잔까지 무대에 있는 물체의 개수를 극중에서 실제로 필요한 수로 제한하는 전통이 있어요. 의자는 모두 진짜 앉는 데 사용돼야 하고, 탁자에는 연기 행위에 필요한 물건만 올려야 하며, 물 잔이나 와인 디캔터도 극 내용의 일부여야 하죠.

한 세대 전에 영국에서 건너온 무대 사실주의stage-realism는 장면을 만드는 이런 표지물들을 엉뚱한 큰 덮개 밑에 감춰버렸어요. 그러나 그런 물건들은 미로 같은 구조 속의 안내자로서 여전히 건재하며, 극작가에게 필요한 만큼 소설가에게도 필요합니다. 두 사례 모두 절반쯤 그리다 만 등장인물의 수를 늘리기보다는 적은 인물을 파고들듯 고찰해야 훨씬 더 깊이 있는 효과를 낼 수 있거든요. 소설가든 극작가든 계획한 이야기의 결말까지 그 인물을 따라가 보지도 않은 채, 그리고 그 인물 없이는 이야기 뒷부분이 초라해진다는 확신도 없이 어떤 등장인물을 함부로 창조하면 안 됩니다. 미리 할 일이 주어지지 않은 등장인물들은 채택되지 않은 다른 종류들만큼이나 당혹스러운 문제들을 일으킬 가능성이 높습니다.

장면별 디테일만큼이나 등장시킨 인물 수에서도 연관성relevance은 가장 중요한 첫째 필수 조건입니다. 그리고 등장인물들과 장면의 디테일은 자기가 고른 소재를 충분히 소화한 소설가에게는 사실상 하나예요. 《샌드라 벨로니Sandra Belloni》 [41]에서 달의 마법에 걸린 윌밍 위어Wilming Weir의 골짜기는 영국 어느 구석 풍경만큼이나 에밀리아가 지닌 영혼의 풍경하고 닮았죠. 조지 메러디스가 자랑하는 독보적 특기의 하나는 풍경을 그리는 사람으로서 언제나 자기 예술이 자기 이야기를 해석하는 데 기여하게 하고, 그래서 윌밍 위어 같은 곳, 《비토리아Vittoria》 첫 장에 나오는 몬테

---

41 조지 메러디스는 1864년에 출간한 《잉글랜드의 에밀리아(Emilia in England)》를 1887년에 이 제목으로 바꿔 다시 출간했다.

모타로네$^{Monte\ Mottarone}$ ^{42} 정상에서 보는 일출, 《해리 리치먼드의 모험》 속 농가의 향긋한 꽃무$^{wall\ flower}$색 그림 같은 풍경 같은 장면을 모두 소설에서 없어서는 안 될 부분이 되게 하며, 무엇보다도 **그런 일들을 겪게 된** 인물들이 바라봄 직한 방식 그대로 보이게 하는 일이었죠.

연관성은 또 하나의 중요한 원칙으로 연결됩니다. 풍경, 거리, 주택이 만들어내는 인상은 소설가에게 언제나 어떤 영혼의 역사 속에서 일어난 사건이어야 하며, 또한 '묘사적 구절'의 활용이나 그 구절의 문체는 연관된 인물의 지성이 인지할 만한 대상만, 그리고 언제나 그 지성의 사용역 범위 안에 있는 표현만으로 묘사해야 한다는 사실을 토대로 결정돼야 합니다. 이런 규칙을 지키거나 무시한 구체적인 사례 두 가지는 하디가 쓴 소설에서 찾을 수 있겠습니다. 첫째는 유스타샤 바이가 레인배로우^{Rainbarrow}라는 언덕에서 아래를 내려다보며 한밤중의 에그던 황야에 얽힌 기억을 떠올리는 장면이에요. 둘째는 웨식스 계곡에 관한 고통스러울 정도로 상세한 묘사인데, 지질학과 농업에

---

42 《비토리아》는 조지 메러디스가 1867년에 발표한 소설이고, 몬테 모타로네는 이탈리아 북서부 피에몬테 주에 자리한 해발 1492미터짜리 산이다.

관련된 온갖 세세한 내용이 등장해요.[43] 하디가 만든 또 다른 여성 주인공은 자기 창조자가 신나게 써나간 이 세세한 목록을 인지할 때마다 못 본 체하며 비참하고 무력해지지만, 그 사이를 관통하며 최후의 운명을 향해 거침없이 날아가죠.

43 유스타샤 바이(Eustacia Vye)는 토머스 하디가 쓴 《귀향(The Return of the Native)》(1878) 속 등장인물이다. 웨식스(Wessex) 계곡은 영국 남서부에 있는 계곡이며, 에그던 황야는 가상의 장소다.

V

핍진성과 천재성

장편 소설의 두 가지 주요 난제는, 얼핏 보면 둘 다 순전히 기법의 문제 같기도 하지만, 여전히 고민해야 할 대상입니다. 주제를 바라보는 시점을 선택하는 문제에도 관련되고, 시간 흐름의 효과를 독자에게 전달하려는 시도에도 관련이 있습니다. 두 가지 난제 모두 '순전히 기법의 문제로 보일'지도 모릅니다. 그러나 예술 작품의 기법과 예술을 고취하는 정신 사이에 설사 명확한 선을 그을 수 있다 하더라도, 문제가 되는 시점은 너무 심층적인 차원이어서 그런 식으로 분류하기는 어려워요. 시점은 주제 속에 깊이 뿌리 박혀 있거든요. 그리고, 언제나 그렇듯 결국은, 주제가 스스로 제 직무 범위를 결정하고 제한해야 하죠.

단편 소설을 다룬 장에서 이미 말했지만, 어떤 두 사람에게 완전히 똑같은 경험이란 절대 있을 수 없어요. 주제를 선택한 이야기꾼의 첫째 관심사는 그 에피소드가 어느 등장인물에게 벌어지는지를 결정하는 일인데, 사건이 그런 특정한 방식으로 여러 인물에게 발생할 리는 없으니까요. 장편 소설에도 이런 원칙이 똑같이 적용된다고 말하기는 힘들 듯한데, 더 많은 시간이 흐르고 활동 무대가 더 북적대는 탓에 시각화하는 인물의 처지에서는 개연성에 관한 독자의 감각을 뒤흔들어놓을 법한 전지^{全知}와 편재^{遍在}의 상태를 전제로 하기 때문이죠. 어느 한 인물에게서 또 다른 인물로 시점을 이동시킬 때 가장 흔히 부딪치는 난관이에요. 이를테면 역사 전체를 파악하면서도 하나로 통일된 인상을 계속 지키려 한다든지 하는 경우죠. 이런 통일성을 도모하려면 시점을 되도록 이동시키지 말고, 많아야 두 명 (또는 최대 세 명)의 시각에서 이야기가 풀려가게 두는 편이 최선입니다. 정신적으로나 도덕적으로 밀접한 관계에 놓인 인물들을 선택해 의식을 서로 반영하게 하거나 극중 각자의 배역을 가늠할 수 있을 만큼 차이를 명확히 해서, 설사 뒤의 경우처럼 서로 다른 각도에서 보게 되더라도 독자에게는 늘 이야기가 **전체** 모습을 드러내게 하는 거죠.

그렇게 반영자 구실을 할 인물을 선택하기는 쉽지 않

습니다. 그리고 그 장면의 어떤 지점에서 각 인물들을 움직이게 할지 결정하는 일은 훨씬 더 힘들어요. 첫째 반영자가 일말의 개연성을 드러내어 보이더라도 자기 자신은 미처 인지하지 못하거나 인지하더라도 반응할 수 없는 일들이 벌어지는 상황에서는, 가까이 있는 또 다른 의식이 넘겨받아 이야기를 이어가야 한다는 규칙만이 적용될 수 있을 듯합니다.

건조하게 표현하다 보니 이런 공식이 현학적이고 자의적으로 보일 수도 있겠습니다. 그렇지만 등장인물을 혈육처럼 가깝게 느낄 정도로 주제를 머릿속에서 충분히 숙성시킨 소설가의 손에서는 그 공식이 저절로 작동하는 모습을 보게 될 겁니다. 이렇게 자기가 만든 피조물들하고 끊임없이 친밀한 관계를 맺으면서 살아가는 소설가에게 등장인물들은 마치 수동적 방관자에게 털어놓듯 자기 이야기를 쏟아내기 마련입니다.

조율하는 의식co-ordinating consciousness은 많은 소설가들을 심란하게 만들어온 문제가 분명하고, 시도되는 여러 해법마다 흥미롭고 지침도 가득해요. 물론 그런 해법도 또 다른 관습일 뿐이고, 어떤 관습도 그것 자체로 거부할 필요는 없지만, 엉뚱한 방식으로 사용될 때 문제가 될 뿐이죠. 더러운 것은 오직 '엉뚱한 곳에 놓여 있을 때만 문제'[44]라는 우스갯소리도 있잖아요.

핍진성verisimilitude[45]은 예술에 담긴 진실이며, 환상illusion을 가로막는 모든 관습은 틀림없이 잘못된 곳에 놓여 있어요. 그렇게 가로막는 일로 치자면 작품 속 등장인물들의 마음을 허겁지겁 드나들다가 갑자기 물러서서는 마치 꼭두각시 인형을 줄에 매달아 들고 있는 자칭 쇼맨처럼 바깥에서 바라보는 시선으로 그 마음들을 면밀히 살펴보는 몇몇 소설가의 서툰 습관만 한 것도 없을 겁니다. 이런 현실을 직감한 현대의 모든 훌륭한 소설가들은 대개 절반쯤은 무의식적이기는 해도 이 난제에서 벗어날 방도를 찾기 시작했죠. 이런 측면에서 가장 흥미로운 실험은 바로 제임스와 콘래드가 한 시도인데, 서로 방식이 전혀 다르기는 하지만 두 작가에게 모두 소설이란 정의상 늘 예술 작품이었고, 따라서 창작자가 궁극의 노력을 쏟을 가치가 있었습니다.

---

44 1883년 《롱맨스 매거진(Longman's Magazine)》에 따르면 영국 총리를 두 차례 지낸 팔머스톤 경(Henry John Temple, 3rd Viscount Palmerston)이 한 말인데, 그 뒤 메리 더글러스, 지그문트 프로이트, 존 러스킨 등이 다양한 맥락에서 인용하며 유명해졌다.

45 문학 작품에서 텍스트가 신뢰할 만하고 개연성이 있다고 독자를 납득시키는 정도를 가리킨다.

제임스는 자기가 그려내는 그림의 모든 디테일을 거기에 고정된 시선의 범위, 그리고 역량에 철저히 국한하는 방식으로 핍진성의 효과를 추구했습니다. 〈새장 안에서〉는 작은 규모로 진행된 희한하리만치 완벽한 실험 사례로, 매우 제한적인 단 하나의 가시 범위만 허용됩니다. 한 의식에서 또 다른 의식으로 나아가는 이행이 필요해진, 좀더 긴 분량에 여러 사건이 벌어지는 다른 장편 소설에서, 제임스는 끊임없이 독창성을 발휘해 첫째 의식의 경계를 뛰어넘을 때마다 둘째 의식으로 대체하면서 독자의 가시 범위를 계속 확장할 수 있었습니다. 《비둘기의 날개》는 이런 이행을 보여주는 흥미로운 사례입니다. 아직도 만족하지 못한 제임스는 《황금 잔》에서 여전히 불가능한 완벽을 추구했으며, 관련된 주요 등장인물들하고 떨어져 있으면서도 그런 인물을 포함할 수 있는 일종의 **조율하는 의식**을 도입해야 한다고 생각했습니다. 극의 형식을 장편 소설의 용도에 맞춰 비트는 똑같은 시도는 《사춘기》를 대화체로 쓰게 된 발단이 됐는데, 《황금 잔》에서는 비극에 일종의 그리스식 합창을 더하듯 대령과 어싱엄 부인이라는 인물을 창조하는 데 영향을 준 듯합니다. 이 견딜 수도 믿을 수도 없는 인물들 한 쌍은 낮에는 첩보와 밀고 활동을 하고 저녁이면 도청한 내용이 스코틀랜드야드[46]에 가치 있는 정보가 되도록 세세하고 정밀한 보고서를 작성하며 살아가죠. 분주히 돌아가는 런던 사회에서 아둔하고 시시한 사람들이 벌이는 행위에 개연성이 완전히 결여된 모습은 저자가 달리 전달할 길 없는 디테일들을 드러낼 목적만으로 이 두 인물을 창조한 사실을 보여주는데, 안 그러면 새커리와 디킨스가 한 대로 '내 여성 주인공'을 둘러싸고 독자들하고 잡담을 나누는 빅토리아 중기 무렵 소설가 같은 방식으로 흘러버리죠. 관습에는 관습이라고(물론 두 관습이 다 나쁘지만), 제임스의 관습은 어쩌면 자기가 만든 꼭두각시 인형들 사이로 저자가 무단 침입하는 낡은 방식보다도 훨씬 더 독자의 믿음을 흔들어놓는지도 몰라요. 둘 다 피해야 하고, 피할 수도 있답니다. 다른 위대한 소설들이 입증하듯 말이죠.

집착이야 다르지 않았지만, 콘래드가 이 문제를 해결하려 한 방식은 달랐습니다. 누군가가 '거울의 전당hall of

---

46 런던 경찰국을 가리킨다. 18세기 중반에 소설가이자 행정 관료인 헨리 필딩이 조직한 유급 경찰을 대신해 1829년에 새롭게 출범한 런던 경찰국은 화이트홀플레이스 4가에 본부를 뒀는데, 경찰국으로 들어가는 입구 중 하나가 그레이트스코틀랜드야드(Great Scotland Yard)에 있었다.

mirrors'이라는 그럴싸한 명칭을 붙이기도 한 이 기법은 전부 이야기 바깥에 있다가 우연히 흐름 속으로 끌려 들어온 인물들이 지닌 일련의 되비추는 의식을 가리키는데, 그렇지만 이 인물들은 어싱엄 부부처럼 순전히 염탐이나 도청만을 목적으로 이야기 속에 강제 투입되지는 않았어요.

콘래드가 처음 생각한 방법은 아니었습니다. 1831년, 단편 소설을 모두 통틀어 가장 구성이 완벽한 〈위대한 브르테슈La Grande Bretèche〉에서 발자크는 우연한 관여자든 단순한 방관자든 가리지 않고 인물들 마음속에 조각조각 나뉘어 되비치게 해서 어느 정도의 깊이, 미스터리, 핍진성이 이야기에 부여될 수 있는지를 보여줬습니다. 우연히 시골 어느 동네에 발이 묶인 화자는 그 동네에서 가장 근사한 주택 중 한 집의 황폐한 외관에 이끌려요. 그 사람이 버려진 정원 안으로 들어서는데, 곧이어 나타난 한 사무 변호사가 낯선 방문자를 불러 세우더니 얼마 전 세상을 뜬 집주인 여자가 자기가 죽은 뒤 50년 동안은 울타리 안에 아무도 들어오지 못하게 하라는 유언을 남긴 사실을 전하죠. 절로 호기심이 발동한 이 방문자가 여인숙에 묵는데, 주인 여자는 세세한 사정이야 전혀 모르지만 그 집에 비극적인 일이 벌어진 사실은 안다면서 사건 연루자로 의심되는 어떤 사람이 지금 한 지붕 아래 머물고 있다고 이야기해요. 화자가 여인숙 주인에게 들은 이야기에서 생긴 의문들을 여인숙 하녀에게 전하자, 죽은 여자를 시중 든 적 있는 이 하녀는 자기가 겁에 질려 아무것도 하지 못한 목격자라며 무시무시한 장면들을 본 기억을 털어놓고요. 그리고 흩어진 조각들을 종합해 자기 나름대로 좀더 이해한 화자는 마침내 섬뜩한 완성본을 독자에게 선사하죠.

장편 소설 구성에 관련한 염려 때문에 즉흥 요소들을 억제하는 일이 좀처럼 없던 조지 메러디스조차 독자에게 지나치게 덜컹거리는 느낌을 주지 않으면서도 한 등장인물의 마음에서 다른 인물의 마음으로 어떻게 옮겨갈지 이따금씩 난감해하는 모습이 뚜렷했죠. 실제로 조지 엘리엇이 쓴 표현에 따르면 '저 스스로 써나가는 엄청난 장면들' 중 하나에서 메러디스는 한 가지 해법을 시도했고, 아마도 얼결에 한 시도일 테지만 나중에 보니 효과적인 방법이었습니다. 그 특정한 때만 발휘되는 효과이기는 해도요. 어눌한 로다 플레밍과 말문이 막혀 어쩔 줄 모르던 구혼자가 마침내 서로 속내를 털어놓게 된 그 인상적인 대화에서 메러디스는, 둘 다 말이 안 나와 얼마나 쩔쩔매는지 보여주면서도 멈칫거리는 단음절어들 너머에 있는 감정을 전달하기 위해 각 구절마다 뒤에 화자가 실제로 한 생각을 괄호 안에 넣어 삽입하는 방식을 고안했습니다. 이 부분은 이 책에서 뛰어난 요소들 중 하나로 꼽힙니다. 그러나 독자는 이 작품을 처음 읽고 매료된 와중에도 단순한 곡예적 솜씨, 그러니까 개연성에 관한 독자의 감각과 인내심을 혹사시키지 않고서는 도무지 다음 페이지로 따라갈 수 없는 일종의 숨 막히는 접전chassé-croisé에 감탄한 사실을 자각하게 되죠. 메러디스는 천재였고, 효과를 찾아내는 본능 덕분에 결정적 순간마다 성공적인 비법을 우연히 발견할 수 있었습니다. 그러나 천재답게 그 비법을 길게 늘이거나 반복해 쓰지는 않았어요.

한 인물의 마음에서 다른 인물의 마음으로 넘어가는 갑작스런 변화가 피로와 환멸을 일으키는 이유는 조지 엘리엇이 남긴 생생한 구절에 잘 요약돼 있었죠. 여기에서 작가가 품은 의도는 달랐지만요. 《미들마치》에서 도로시아 브룩과 실리아 브룩 자매가 나누는 대화를 적은 장에 나오는 구절인데, 바로 앞에는 근엄하고 거만한 카소본 씨와 실리아가 처음 만난 이야기가 나오죠. 실리아의 언니는 뚜렷한 이유도 없이 그 사람을 칭찬하고요. 변덕스러운 실리아는 마음 깊이 실망하는데, 자기 눈에 카소본 씨는 너무 못생긴 남자거든요. 이런 사실을 알게 된 도로시아는 그 남자를 보면 존 로크 초상화가 생각난다면서 도도하게 슬쩍 운을 떼요.

"로크도 그렇게 흰 사마귀가 두 개 있고 거기에 털까지 났던 가?"

"아, 그럴 걸! 어떤 부류 사람들이 볼 때는 그렇겠지."

저 대답에 딜레마 전체가 압축돼 있습니다. 소설가는 이야기를 시작하기 전에 흰 사마귀에 주목하는 시선을 통해 바라볼지, 아니면 그토록 흠 많은 얼굴 위에 '내려앉은 상상 속 나비'를 발견하는 시선을 통해 바라볼지를 결정해야 하거든요. 두 마리 토끼를 좇으면서 독자가 설득되기를 바랄 수는 없는 법이죠.

또 하나의 난제는 점진적 시간 흐름의 효과를 전달하는 문제에 관련되는데, 등장인물들이 변화하고 성숙하는 모습을 임의적인 눈속임이 아니라 연륜이 쌓여 생긴 자연스러운 결과로 보이게 하는 겁니다. 이 문제는 소설 쓰는 기술에서 엄청난 미스터리예요. 비결은 설명할 수 없어 보이죠. 작품 속 등장인물들을 향한 소설가 나름의 깊은 믿음, 그리고 소설가가 등장인물들에 관해 하는 이야기에 관련된다고 추측만 할 수 있을 뿐입니다. 소설가는 등장인물들에게 이런저런 일이 닥쳐온다는 사실, 그리고 그 이런저런 일들 사이에 몇 달이나 몇 년의 시간이 침식 또는 퇴적이라는 임무를 천천히 수행해온 사실을 **알아요**. 그리고 소설가는 식물의 생장만큼이나 도중에 포착하기 어려운 몇몇 비밀스러운 과정을 거쳐 이 앎을 전달하죠. 위대한 소설가들, 특히 발자크, 새커리, 톨스토이를 살펴보면 그런 변화들은 클라이맥스에서 클라이맥스로 이어지는, 눈에 띄지 않는 과도기적 내러티브로 구성된 지면들에 암시된 사실을 알 수 있을 거예요. 그런 효과를 내는 한 가지 방법이 느리게 가고, 내러티브의 어조를 계속 절제하고, 대개 중대한 순간들 사이에 놓인 삶처럼 특색 없고 묵묵해지기를 겁내지 않는 데 있다는 점은 분명해요.

여기에 연관된 또 하나의 난제는 등장인물들을 엮은 줄기를 계속 단단히 붙잡아서 인물이 성숙 또는 와해의 시기를 거쳐 변화된 모습으로 등장하더라도 여전히 자기 자신일 수 있게 하는 일이에요. 톨스토이는 이 재능이 탁월했어요. 어떤 인물이 《전쟁과 평화》라는 우거진 숲 어느 지점에서 다시 등장하더라도, 듣는 처지에서는 그 소리가 **어**

디에 맞춘 각운인지 거의 잊어버릴 정도로 오랜만에 마주한 재등장이지만, 그 사람이 똑같은 인물, 속속들이 같은 인물이라는 사실을 한눈에 알아볼 수 있고, 그러면서도 새로운 고통과 경험의 선율을 마주하죠. 후반부에서 뚱뚱하고 부스스한 보통 엄마^{mère-de-famille}가 된 나타샤는 안드레이 공작을 첫눈에 사로잡은 기쁨의 화신하고 놀라우리만치 비슷하면서도 달라요. 그리고 오랜 투병에 할애된 유례없이 많은 분량을 거쳐 독자는 비물질화, 곧 마치 낙엽 떨어지듯 자연스럽게 벌어지는 세상사에서 떨어져 나오는 과정 자체를 지켜보게 되는데, 여기에서 안드레이 공작 또한 첫 장에 나오는 저녁 파티 장면에서 처량하고 짜증나는 왜소한 아내하고 함께 등장하는 불안하며 불행한 그 남자하고 똑같죠.

베키 샤프, 아서 펜더니스, 도로시아 카소본과 리드게이트, 샤를 보바리.[47] 이런 등장인물들의 성장과 쇠락은 얼마나 확신과 인내에 찬 필치로 펼쳐집니까! 그리고 일정한 간격을 두고 이 인물들이 다시 등장할 때, 도덕적 경험

---

47 베키 샤프는 《허영의 시장》, 아서 펜더니스는 《팬더니스 이야기》, 도로시아 카소본(도로시아 브룩이 결혼한 뒤 바뀐 이름)과 리드게이트는 《미들마치》, 샤를 보바리는 《보바리 부인》 속 등장인물이다.

뿐 아니라 실제로 계절도 정말 그만큼 **흘러간** 듯 느껴지는 감각이 얼마나 기막히면서도 고스란히 전달되고 있는지요! 이런 느낌을 만들어내는 일이야말로 소설이라는 예술의 핵심적인 미스터리예요. 이제는 실천하는 사람도 없고 좀처럼 머릿속에 심을 수도 없는 인내, 사색, 집중 같은 정신의 모든 조용한 습관들을 바로 그런 감각이 작동시킨다는 사실, 그리고 이 모든 것에 반드시 더해야 하는, 가늠하기 힘든 최후의 요소는 바로 천재성입니다. 천재성이 없으면 나머지는 쓸모없고, 반대로 나머지들 없이는 천재성도 쓸모가 없을 겁니다.

순간 포착 기술

《전쟁과 평화》가 시작되는 저녁 파티 장면은 유례없이 북
적댈 예정인 이야기에서 주연 배우들을 첫 장에 '배치'하는
고난도 기술이 사용된 소설 중 가장 성공적인 사례의 하
나예요. 상트페테르부르크에서 열린 그 지루하고 시시한
피로연에 연이어 도착하는 모습을 잊거나 다른 장면하고
혼동할 독자는 없지 싶어요. 톨스토이는 힘차게 한달음에
주요 등장인물들을 전부 불러 모은 다음 우리 앞에서 연
기를 시작하게 합니다. 이런 장면하고 전혀 다르면서도 나
름의 방식으로 뛰어난 성취를 보인 사례는 《카라마조프가
의 형제들》의 첫 장이에요(영어판 또는 독어판 기준인데,
지금 나와 있는 프랑스어판은 희한하게도 이 부분이 생략
돼 있어요). 여기에서 도스토옙스키는 빈 벽에 초상화를

여러 점 걸었어요. 그러고는 모든 카라마조프가 사람들을 가차 없는 정밀함과 지독한 통찰로 차례차례 묘사하죠. 그러나 그 사람들은 여전히 그 자리에 걸려 있어요. 아니, 서 있죠. 독자는 그 사람들에 관해 전부 듣지만, 연기 중인 그 사람들을 놀라게 할 수는 없죠. 그 사람들에 관한 이야기는 나중에 시작되는데, 반면에 《전쟁과 평화》에서는 첫 단락이 이야기의 한복판으로 연결되고, 각 구절과 모든 제스처가 오직 톨스토이만이 선보일 수 있는 느리면서도 맹렬한 흐름으로 이야기를 끌고 가죠.

여러 등장인물로 가득한 많은 소설들, 이를테면 《허영의 시장》은 좀더 서서히 시작하며, 신중하게 배열된 순서로 인물들을 등장시킵니다. 이 과정이 확실히 더 단순하고, 때에 따라서는 효과적인 듯해요. 《적과 흑》 첫 장에서 레날 부부와 어린 아들들이 아침 산책을 하는 장면은 충분히 불길한 기운을 풍기고, 펜더니스 소령이 혼자 아침을 먹는 장면도 마찬가지죠. 일반적으로 분량이 길고 북적대는 소설을 조용히 시작하는 데는 그럴 만한 이유가 있습니다. 물론 소설가라면 톨스토이처럼 웅장하고 호방하게 모든 등장인물을 무대 위에 한꺼번에 던져놓을 수 있는 방식을 더 좋아할지도 모르겠네요. 이런 방식이든 또 다른 어떤 방식이든 딱 정해진 규칙은 없습니다. 소설 쓰는 기술에서 어떤 방식이 정당화되려면 성공하는 수밖에 없어요. 그렇지만 그 방식이 성공하려면 무엇보다도 주제에 적합해야 하고, 각 상황마다 나타나는 특유한 난제들을 상쇄할 만한 나름의 이점을 최대한 찾을 수 있어야 해요.

바로 다음에 소설가가 직면하게 될 질문은 **어디에서 시작할까**예요. 정확한 순간을 포착하는 기술은 처음부터 아주 많은 인물을 등장시킬 수 있는 기술보다 훨씬 더 중요해요.

물론 여기에서도 일반적인 규칙은 아무것도 정할 수 없습니다. 중심부부터 다뤄야 할 주제도 있는데, 헨리 제임스가 중요하게 여긴 이 방식은 행동의 심장부에서 시작한 뒤 과거를 회상하는 장면들이 거기에서 사방으로 발산되는 식이죠. 그런가 하면 독자가 생각에 몰두한 사이에 거의 눈치채지 못할 정도로 서서히 숙성시키지 않는 한 꽃마저 모두 잃게 될 주제들도 있어요. 《헨리 에스먼드^{Henry Esmond}》[48]가 그런 사례 중에서 가장 근사하죠. 스탕달이 생전에 거의 유일하게 대중들에게서 천재성을 인정받은 《파

---

48 윌리엄 새커리가 1852년에 출간한 역사 소설.

르마의 수도원》에 서문을 쓴 발자크는 진정한 시작을 하기도 전에 책을 시작해버린 작가를 질책합니다. 워털루 전투를 그린 도입부를 생략하면 세상은 무엇을 잃게 될지 발자크는 아주 잘 알고 있었죠. 그렇지만 발자크는 스탕달이 시작하려 한 이야기에 그 부분은 전혀 포함되지 않는다고 주장하면서 다음 같은 조명적illuminating 문구로 간단히 정리합니다. "마리 베일[49]이 선택한 주제[워털루 에피소드]는 **현실에서는 진실이지만 예술에서는 진실이 아니다.**" 다시 말해 이 문구는 그 부분이 특정한 예술 작품 속에서 어울리지 않는 자리에 들어간 탓에 **예술로서** 현실성을 잃은 채 그저 전쟁터 한 귀퉁이를 대상으로 삼은 노련한 탐구에 그치고 있다는 말이었으며, 톨스토이 이전까지는 전세계가 아는 가장 위대한 작품이었겠지만 톨스토이의 작품이 늘 뛰어난 반면 스탕달의 작품은 구성 면에서 전혀 뛰어나지 못하다는 뜻이었죠.

---

49 마리 베일(Marie Henri Beyle)은 스탕달의 본명이다.

VII

조명적 사건

소설의 길이는 주제에 따라 결정해야 합니다. 소설의 다른 어떤 특질보다도 훨씬 더 그렇습니다. 소설가는 길이라는 추상적인 문제를 미리 걱정하면 안 되고, 긴 소설을 쓸지 짧은 소설을 쓸지 미리 정하면 안 됩니다. 작품을 구성하는 과정에서 늘 어떤 소설이 '더 길 수도 있었다'고 말할 수는 있어도 '그렇게 길 필요는 없었다'는 말은 절대 나오면 안 된다는 사실을 언제나 명심해야 합니다.

물론 길이는 쪽수 문제라기보다는 그 안에 들어 있는 내용의 질량과 질 문제죠. 그저 그런 책은 늘 지나치게 길고 훌륭한 책은 대개 너무 짧아 보인다는 사실은 자명해요. 그러나 질과 무게라는 문제 너머에는 이런저런 주제에 필요한 전개 과정, 곧 주제에 따라 얼마만 한 돛을 올릴지 결정하는 일에 더 밀접하게 연관된 문제가 자리잡고 있어요. 훌륭한 소설가들은 늘 이 문제를 감지해서 거기에 맞게 아주 정확하게 돛을 마름질했죠.

브래들리 씨[50]는 셰익스피어가 쓴 비극을 다룬 책에서 길이 문제를 새롭게 조명했는데, 주목할 만합니다. 셰익스피어가 쓴 다른 비극들에 견줘 훨씬 짧아서 이전 세대 비평가들이 늘 미완성 원고라 추측한 《맥베스Macbeth》를 분석하면서 브래들리는 다음 같은 질문들을 던졌어요. '만일 그 원고가 미완성이라면, 어떤 부분이 빠져 있다고 봐야 할까? 《맥베스》를 처음 읽을 때 작품이 너무 짧다고 느끼는 독자가 과연 있을까? 또는 셰익스피어가 쓴 다른 비극들보다 짧다는 사실을 알아채기라도 할까? 만일 그렇지 않다면, 우리 앞에 놓인 원고는 사실상 극 전체가 맞고, 그 주제에 적합하고 관객이 심리적으로 감당할 만한 최대 길이로 완성된 사실을 셰익스피어 스스로 알고 있을 가능성은 없을까?' 《맥베스》에서 설득력 있든 없든 이런 논의는 예술 작품을 판단하는 태도이자 예술 작품에 적용할 법한

---

50 앤드루 세실 브래들리(A. C. Bradley·1851~1935)는 셰익스피어 연구로 널리 알려진 영문학자이자 비평가로, 《셰익스피어 비극(Shakespearean Tragedy)》(1904)를 썼다.

유일한 도량형 체계로서 감탄스러운 예시가 되겠네요.

톨스토이는 어느 별 볼 일 없는 남자의 죽음에 관한 이야기를 보편적으로 응용해 우화로 만들어내는 데 충분한 전개 과정을 《이반 일리치의 죽음》에 부여했어요. 덧붙이자면, 톨스토이는 그 요란하고 세세한 것들에 빠져들었고, 자기가 전하려는 의미를 필요 없는 디테일 안에 감춰뒀겠죠. 모파상도 자기 주제들이 돛을 얼마만큼 올릴 수 있는지를 파악하는 정확한 감각을 지닌 작가였어요. 가장 확실한 증거는 모파상이 쓴 작품 중에서 1884년에 출간한 《이베트Yvette》, 그러니까 만개한 꽃을 나비에게서 털어낼 수 있는 방식들 중 하나에 관한 가슴 아픈 짧은 기록에 담긴 이야기에서 찾을 수 있죠.

헨리 제임스는 《나사의 회전》에서 똑같이 완벽한 균형 감각을 보여줬어요. 단 한 차례 번득이는 공포로 대개 상상력을 자극하는 종류의 이야기를 확장해 단편 소설로 만드는 모험을 감행했죠. 그러나 거기에서 더 나아가는 일은 불가능하다는 사실을 제임스는 직감적으로 알았어요. 세상을 떠난 뒤 1917년에 출간된 미완성 원고 《과거에 관한 감각The Sense of the Past》을 보면 제임스가 또다시 초자연적 내용을 장편 소설의 주제로 실험한 사실을 알 수 있어요. 그리고 여기서 제임스는 자기가 고른 테마에 지나치게 무거운 짐을 싣는 위험을 감수하려 든다는 느낌이에요. 모리스 마테를링크가 벌에 관해서 쓴 (바로 그 벌만큼이나 고공 행진을 하며 유명해진) 책을 읽을 때, 처음에 저는 작가가 선택한 온갖 형용사와 비유, 그리고 그 많은 가짓수에 현혹됐지만, 나중에는 압박감을 느꼈습니다.[51] 모든 시도는 효과적이었고, 모든 비교는 인상적이었죠. 그런데도 내가 그런 요소들을 모두 소화시킨 다음 이 결과물을 바탕으로 이상적인 벌을 다시 만들어냈더니, 그 동물은 이미 날개 달린 코끼리 한 마리가 돼 있더군요. 소설가에게 유익한 교훈이었죠.

위대한 소설가들, 발자크, 톨스토이, 새커리, 조지 엘리엇(어찌 또 이 작가들에게 돌아가야 하는지!)은 모두 자기 주제에 관한 균형 감각이 있었고, 거창한 논의에는 그만큼 공간이 필요하다는 사실도 잘 알고 있었습니다. 음울한 영어 시구 중 벤 존슨이 살라시엘 페이비 묘비에 쓴 비문만큼 섬세하게 아름다운 구절도 드물어요.[52] 그러나 《실낙원

---

51 마테를링크(Maurice Polydore Marie Bernard Maeterlinck·1862~1949)는 벨기에에서 태어난 시인이자 작가로, 《파랑새(L'Oiseau bleu)》(1908)로 유명하다. 여기서 말하는 작품은 《꿀벌의 생활(La Vie des abeilles)》(1901)이다. 1911년 노벨 문학상을 받았다.

Paradise Lost》[53]은 공간이 더 필요하고, 공간이 더 필요하다는 그 사실이 바로 이 작품의 위대함을 구성하는 한 가지 요소죠. 자기 수중에 있는 테마가 살라시엘 페이비에 해당하는지 아니면 《실낙원》에 해당하는지 처음부터 알아차리는 일이 중요해요.

이런 본능의 측면에서 제인 오스틴만큼 흠잡을 데 없이 정밀한 소설가는 없었죠. 오스틴이 쓴 작품에서는 균형에 안 맞게 지나친 인물이나 배경 속에서 빈둥거리는 인물을 만나게 될 위험이 전혀 없으니까요. 톨스토이에 관해서도 마찬가지 평가를 할 수 있을 듯한데, 규모 면에서는 정반대 극단에 속해요. 톨스토이가 지닌 서사시적 재능, 등장인물들과 그 인물들이 겪는 모험의 범위 사이에서 적당한 균형을 곧바로 잡을 줄 아는 능력은 단 한 번도 모자란 적이 없지 싶어요. 《전쟁과 평화》와 플로베르가 1867년에 출간한 《감정 교육Education Sentimentale》은 근대 소설에서 가장 긴 작품입니다. 플로베르도 규모에 관한 타고난 감각

---

52 존슨(Ben Jonson·1572~1637)은 영국의 극작가이자 시인으로, 《십인십색(Every Man in His Humour)》(1598), 《연금술사(The Alchemist)》(1610) 등을 쓴 영어권 최초의 계관 시인이다. 살라시엘 페이비(Salathiel Pavy)는 '엘리자베스 1세 예배당의 아이들'이라 불린 어린이 배우 중 한 명이다.

53 영국 작가 존 밀턴(John Milton·1608~1674)이 1667년에 쓴 서사시.

이 남달랐지만, 가장 열렬한 팬들도 《감정 교육》이 끌고 가는 힘에 견줘 너무 길다고 느끼는 순간들이 있습니다. 《전쟁과 평화》 도입부에서 몇 쪽에 걸쳐 톨스토이가 주제와 길이 사이에 적절한 관계를 설정해내는 방식하고 대조되는 모습이죠. 그러나 훌륭한 소설과 그저 길기만 한 소설 사이에는 차이점이 또 하나 있습니다. 발자크나 플로베르, 톨스토이 같은 작가들이 쓴 가장 길고 제일 산만해 보이는 소설도 미리 정해둔 궤도를 따라가며, 삶에서 지리멸렬하고 단편적인 듯 보이는 면들을 완성하려는 끝없는 예술적 노력에 충실해요. '가장 오래된 천국most ancient heavens'[54]에서 할당된 선로 위를 휩쓸고 다니는 거창한 테마에 관한 이런 감각은 《전쟁과 평화》나 《감정 교육》 같은 소설의 첫 쪽에서 독자에게 전달되죠. 이런 본래적 형식이 없다는 점이 바로 그저 길기만 한 소설이 지닌 또 다른 특징이고요.

로맹 롤랑이 쓴 《장 크리스토프Jean-Christophe》[55]를 사례로 들 만합니다. 애초에 커다란 전체의 일부로 기획된 각 권들을 통해 연속된 정신적 모험 과정을 들려주는, 상당히

---

54 워즈워스가 쓴 시 〈의무에 부치는 송가(Ode to Duty)〉에 나오는 시구.
55 프랑스의 소설가, 극작가, 평론가 롤랑(Romain Rolland·1866~1944)이 1904년부터 1912년까지 발표한 10권짜리 서사시적 장편 소설이다.

흥미로운 작품이죠. 그렇지만 첫 권에 내비친 작품 규모에 관한 암시가 그 뒤부터 전혀 보장되지 않는 듯한데, 독자 처지에서는 여러 권이 더 있다면 몇 권짜리든 안 될 이유가 없다고 느끼죠. 이런 느낌은 계획이 없기 때문이 아니라 작품 구성에 관련된 좀더 복잡 미묘한 요소가 결여된 탓인데, 형식에 관한 감각에서 영감을 얻고 작품에 담긴 논의의 중요성을 바탕으로 책의 길이를 추론하는 작품 구성은 설정에 균형을 맞춘 인물들을 탄생시켜 정해진 운명의 길로 자신 있게 내보내는 구실을 하죠.

길이 문제는 자연스럽게 결말에 관한 고민으로 이어집니다. 그러나 이 문제에 관련해서는 그런 식으로 미리 암시되지 않은 결말이라 할 만한 사례가 거의 없는데, 첫 쪽에 숨어 있지 않은 어떤 결론도 옳을 수는 없기 때문입니다. 소설에서 필연의 감각은 어느 부분보다도 결말에서 가장 뚜렷해야 합니다. 모든 타래들을 한데 모으는 일에 어떤 망설임이나 실수가 있다면 자기 주제를 머릿속에서 충분히 숙성시키지 못한 저자라는 뜻이에요. 자기 이야기가 언제 끝나는지 모른 채 이야기가 끝난 뒤에도 여러 에피소드를 주렁주렁 계속 매다는 소설가는 결론의 효과를 약화시킬 뿐 아니라 앞서 지나간 모든 일들의 의미마저 지워

없애고 있는 셈이니까요.

그러나 결말의 **형식**이 주제에 따라 필연적으로 결정된다면, 문체는 작가의 선택 감각에 좌우될 수밖에 없습니다. 이미 규정된 의미에 따르면, 문체란 내러티브 속 에피소드들이 '저자의 머릿속에서 파악되고 채색되는' 방식을 묘사하는 용어로 쓰이죠. 이야기가 진행되는 매 단계마다 소설가는 각 상황에 담긴 내적 의미를 밝히고 부각하려 이른바 **조명적 사건**illuminating incident이라 할 만한 데 의존해야 합니다. 조명적 사건은 소설에서 일종의 마술적인 여닫이창으로, 아득히 먼 곳까지 내다볼 수 있는 통로죠. 어떤 내러티브에서든 이 사건들은 가장 개인적인 요소이자 저자가 가장 직접적으로 기여하는 부분이며, 그런 에피소드의 선택만큼 작가가 지닌 상상력의 질, 따라서 기질의 풍부함을 보여주는 직접 증거가 되는 요소도 없어요.

(발자크가 1837년에 낸 《잃어버린 환상Les Illusions Perdues》에서) 옆방에 누운 채 죽어가는 정부의 장례식에 쓸 비용을 마련하느라 술자리에서 부르는 노래를 쓰던 뤼시앵 드 뤼방프레라든가, 은색 자수가 놓인 주홍색 스타킹을 신고 계단을 내려오는 비어트릭스를 지켜보던 헨리 에스먼드,[56] 온실에서 매기 털리버가 자기에게 줄 꽃을 꺾느라 들어올

린 팔의 곡선에 갑자기 황홀해진 스티븐 게스트,[57] 울타리 너머로 주드에게 돼지 내장을 집어던지던 아라벨라,[58] 또는 소풍 자리에서 베이츠 양에게 화를 내던 엠마,[59] 그리고 그 근사한 이야기의 첫 장에서 해리 리치먼드[60]의 아버지가 한밤중에 도착하는 장면 등은 전부 기록된 사건 훨씬 그 너머까지 두루 조명했죠.

장편 소설의 결론 부분에서 그런 조명적 사건이 할 일은 오직 빛줄기를 뒤로 보내는 일뿐이에요. 그러나 첫 쪽에서 앞을 향해 던진 빛에 맞닿을 수 있을 만큼 충분히 긴 빛줄기여야 하죠. 《감정 교육》에서 아르누 부인이 오랫동안 헤어져 지낸 프레데릭 모로를 만나러 돌아오는 결말 부분의 그 쓰라린 구절처럼 말이죠.

남자는 여자에게 그 여자 자신, 그리고 여자의 남편에 관해 끝없는 질문을 던졌다. 여자는 돈을 아끼고 빚을 갚으려 브르타뉴의 어느 쇠락하고 후미진 곳에 자리잡아 살았다고 했

---

56 윌리엄 새커리가 쓴 《헨리 에스먼드》에 나오는 등장인물들이다.
57 조지 엘리엇이 쓴 《플로스 강의 물방앗간》에 나온 등장인물들이다.
58 토머스 하디가 쓴 《이름 없는 주드(Jude the Obscure)》(1895)에 나오는 등장인물들이다.
59 제인 오스틴이 쓴 《엠마(Emma)》(1815)의 등장인물이다.
60 조지 메러디스가 쓴 《해리 리치먼드의 모험》의 등장인물이다.

다. 아르누는 거의 늘 병을 앓다시피 해서 그런지 노인처럼 보였다. 부부의 딸은 보르도에서 결혼했고, 아들은 식민지 주둔군으로 모스타가넴에 있었다. 여자는 고개를 들고는 말했다. "그래도 마침내 당신을 만났네요! 전 기뻐요."

여자는 남자에게 함께 산책해달라 부탁하고, 남자하고 함께 파리 시내 거리를 거닐어요. 여자는 남자가 유일하게 사랑한 사람이고, 남자는 이제 그 사실을 잘 알죠. 떨어져 지낸 시간들은 어느새 사라져버렸고, '마치 낙엽 수북이 쌓인 그 시골에서 산책하는 양 서로 흠뻑 빠진 채 정적 속에' 둘은 계속 걸었어요. 그런 다음 둘은 남자의 거처로 돌아오고, 아르누 부인은 자리에 앉으며 모자를 벗어요.

콘솔 위에 놓인 전등이 여자의 백발을 비췄다. 그 모습을 보니 가슴을 한 대 맞은 느낌이었다.

남자는 계속 감상에 젖은 척하려 애를 쓰죠.

여자는 시계를 봤고, 남자는 계속 왔다갔다 서성대며 담배를 피웠다. 어느 누구도 상대에게 할 말을 찾지 못했다. 모든 이

별마다 사랑하던 사람이 더는 우리 곁에 없는 순간이 오기 마련이다.

이것이 전부예요. 그러나 이미 지나가버린 모든 페이지를 아르누 부인의 백발에서 나오는 어슴푸레한 비극적인 빛이 비추고 있죠.

《황금 잔》에서 철저히 이중으로 배신당한 매기가 등장하는 장면에서도 같은 선율이 들리는데, 여기에서 매기는 여름날 저녁 폰스의 테라스를 서성거리다가 흡연실 창문을 들여다봅니다. 매기의 아버지, 남편, (남편의 정부이기도 한) 계모가 그곳에서 누가 보고 있는지도 모른 채 브리지[61]를 하고 있었어요. 그 광경을 보던 매기는 자기가 그 사람들을 마음대로 할 수 있으며 그 사람들 전부(심지어 아버지도) 그 사실을 알고 있다는 사실을 깨닫죠. 그리고 동시에 그 모습을 보고는 '그 사람들에 관해 아무튼 즉각적이고 불가피한 달래는 방식으로, 곧 분노를 느낀 순진함과 배신당한 관대함에서 으레 이어지는 방식대로 생각하자니 인간관계를 포기하는 일이 될 텐데, **놀랍게도, 그**

---

61 서로 마주보는 두 명이 한 팀이 돼 진행하는 카드 게임.

런 식으로 그 사람들을 포기하는 일은 상상할 수 없다는 사실'을 알았죠.

　조명적 사건은 소설가의 상상적 감수성을 보여주는 증거일 뿐 아니라 이야기에 현존성presentness과 즉시성immediacy을 부여하는 가장 좋은 수단이기도 합니다. 즉시성의 효과는 대화보다는 조명적 사건을 적절히 활용하는 데 훨씬 더 좌우됩니다. 그리고 의미 있는 타래들을 더 여럿 모아 각 사건을 구성할수록 더 많은 분량에서 설명적 내러티브를 작가와 독자에게 할애하게 됩니다. 가장 확실한 예시는 《적과 흑》에 나옵니다. 레날 부부의 아이들을 가르치는 젊은 가정 교사 줄리앙 소렐은 아이들 어머니하고 벌이는 연애가 야망을 앞당겨 실현할 수 있는 최선의 방법이라 믿고 여름날 해 질 녘 정원에 앉아 있을 때 레날 부인의 손을 잡으며 대담성을 시험해보기로 하죠. 이 수줍은 접근을 할 수 있게 될 때까지 레날은 타고난 소심함과 레날 부인의 압도적인 고상함 탓에 한참을 쩔쩔 맵니다. 그리고 반 쪽 분량에 그친 이런 몸부림은 한 장 전체에 걸친 분석과 회상보다도 어리석음과 비열함과 그 아래 여전히 깔린 소년 같은 단순함에 관해, 그리고 그 곁에 있는 가난하지만 고고한 여자에 관해 더 많은 이야기를 들려줍니다. 생활 습관 속에서 인물 성격을 포착하는 이런 능력은 언제나 소설가의 장악력을 보여주는 가장 확실한 증거죠.

그러나 조명적 사건을 선택하는 문제는 소설에서 꽤 큰 부분이기는 하지만 전부는 아닙니다. 프랑스 속담에 '적당한 방식이 있기 마련이다'는 말이 있어요. 정원 장면을 직설적으로 단순하고 명료하게 전달하는 스탕달의 글은 모든 단어와 모든 필치마다 말하는 바가 분명해요. 그리고 이 방식, 각 장면에 적합한 특정 방식이라는 문제는 어느 한 지점을 소설가가 지닌 경계심이 절대 깃발을 올려서는 안 되는 다른 지점으로 가져다놓죠. 모든 이야기는 나름의 규모가 있으므로 이야기마다 나름의 방식, 그러니까 의미를 온전히 전달하는 데 가장 알맞은 특정한 문체가 있다는 의미예요.

자기 이름으로 책을 몇 권 낸 뒤 주제에 따라 방식 면에서 다양한 변화를 시도한 대부분의 소설가들은 독자나 비평가에게 비슷비슷한 비판을 받아왔는데, 무턱대고 믿는 팬들에게 이전 작품들을 떠넘기려 한다는 비난을 듣거나 힘이 너무 확연히 약해 보인다며 동정을 샀습니다. 변화란 무엇이든 평균치 독자의 지적 태만을 뒤흔들죠. 이를테면 스티븐슨이 영국 소설가들 사이에서 마땅히 차지할 자리를 빼앗기는 데 가장 크게 기여한 요인은 단연 작가 자신이 지닌 딱한 습관이었는데, 결이 비슷한 소년 이야기를 연애 소설이나 익살스러운 탐정 소설로 구상하지 않고, 심지어 소설에도 국한시키지 않은 채, 여행기, 비평문, 운문까지 시도하는데다가 그런 장르들을 전부 잘 쓰는 바람에 틀림없이 뭔가 잘못된 구석이 있을 수밖에 없을 듯한 느낌을 주는 습관 말입니다. 르네상스 시대 예술가들의 다재다능을 극찬하는 바로 그 비평가들이 동시대 예술가가 지닌 똑같은 특성을 향해서는 비난을 퍼붓습니다. 그리고 소설가별로 영역을 울타리 쳐서 구분하고는 그 소설가를 평생 거기에 가둬두고 싶어하는 비평가들의 열망은 영국 어느 성당 관리인의 이야기를 떠올리게 만듭니다. 그 관리인은 예배 시간 사이 막간에 본당 성전에서 무릎을 꿇고 있는 낯선 이를 발견하고는 어깨를 툭툭 치며 너그러운 말투로 충고했죠. "선생님, 죄송하지만, 이 시간에 여기에서는 기도하실 수 없습니다."

모든 작가가 이전에 선사하던 유형의 작품만을 계속 선사해주기를 바라는 독자의 이런 습관은 대중이 하는 모든 요구가 그렇듯 미묘하게 암시적인 영향력을 발휘합니다. 이미 할 줄 아는, 그리고 그렇게 하면 칭송받을 줄 아는 방법으로 계속 작업하려는 마음은 젊은 예술가에게 가장 음험한 유혹의 하나죠. 그러나 많은 사람이 특정한 방식대로 써주기를 바란다는 단순한 사실만으로도 작가는 그 방식에 의구심을 잔뜩 품어야 해요. 특정한 펜나이프[62]를 찾는 사람이 아주 많다는 사실을 알게 된 뉴잉글랜드 주에 사는 한 가게 주인이 이듬해부터는 그 물건을 들여놓지 않았는데, 그 칼을 구하러 사람들이 너무 많이 와서 귀찮게 굴기 때문이었어요. 대중적 인기라는 위험한 유혹을 좀더 자주 이 가게 주인 같은 정신으로 마주하는 편이 문학에는 좋은 일일 겁니다.

---

62 접이식 작은 주머니칼로, 깃펜을 깎는 데 썼다.

VIII

환영과 실재

괴테는 오직 생명의 나무만이 푸르며 모든 이론은 잿빛이라고 단언했습니다.[63] 그리고 '생각하기에 관해 생각'해본 적이 한 번도 없다는 점을 자랑스러워하기도 했죠. 그렇지만 만일 생각하기에 관해 생각해본 적이 없다면 괴테는 자기 예술에 관해 아주 많은 생각을 한 셈이었고, 괴테가 예술의 실행에 관련해 세워둔 몇몇 원칙은 자칭 철학자들이 내세운 공리보다도 더 심오해요.

요즘 활용되는 소설 쓰는 기술은 얼마 전에야 생긴 개념으로, 초기부터 예술이 창작에 몸담은 이들을 거쳐 이론으로 정립되는 사례는 드물어요. 그러나 현업에 종사하는

---

63 《파우스트》에 나오는 유명한 구절을 가리킨다.

이들, 또는 적어도 창작을 하면서 창작에 관한 생각까지 하게 된 이들이 등장하기 시작하면, 필연적으로 스스로 질문을 던지게 되죠. 그중에는 괴테 같은 질문을 던져 대답을 끌어내거나 자문자답할 만한 재능이 없는 이들도 여럿 있겠지만, 질문에 맞는 대답은 결국 한층 더 견고해진 구성과 적합해진 표현 속에서 찾게 될 겁니다. 그런가 하면 의식적으로 규칙을 정해놓은 뒤 새로운 형식과 더욱 복잡한 효과를 찾느라 스스로 지나치게 매력적인 이론의 노예가 돼버리는 작가들도 있습니다. 이런 작가들이야말로 진정한 개척자로서 자기가 시도한 작업이 완전히 실현되는 순간은 보지 못할 운명이지만, 다음 세대가 들어가 살 지성의 집을 지어놓습니다.

헨리 제임스가 바로 이 극소수 작가에 속했죠. 소설의 구성에 골몰하면 할수록 자기도 모르게 다른 모든 요소는 자기 나름의 참신하고 복잡한 설계에 견줘 소홀히 여기다 보니 말년에 쓴 작품들은 생기 넘치는 창작물보다는 미래에 나올 대작을 예비하는 대형 프로젝트에 가까워요. 이런 행보는 예술에 관한 이론화를 반대하는 주장에 힘을 싣는 듯 보일 수도 있죠. 그렇지만 어느 세대든 제임스 부류는 드물고 괴테 부류는 더 드물뿐더러 인류에게 완전함에 관한 권고^{counsel of perfection}[64]를 따르라 종용하는 일이 딱히 더 위험할 리도 없어요. 대부분의 소설가들에 관해 말하자면, 소설이라는 예술과 소설의 범위와 한계에 할애하는 그런 생각은 작가가 지닌 재능을 무력하게 만들기는커녕 오히려 여러 수단을 좀더 확실히 장악할 힘이 돼 그 재능을 더욱더 북돋울 테고, 유일하게 받을 만한 가치가 있는 보상은 작업한 결과물의 질이라는 사실을 보여줘서 대중에게 인정받으려는 열망도 누그러트릴지 몰라요.

소설 쓰기에 관련해 앞서 말한 고려 사항들을 조금 건조하고 교조적으로 느끼는 사람도 있고, 쓸데없이 복잡하다고 느끼는 사람도 있을 겁니다. 반면 이해하기 쉽고 효과적인 이론을 찾아 헤매는데 정작 문제의 핵심은 빠진 상태라고 느끼는 이들도 있겠죠. 물론 이 모든 반론마다 일말의 진실은 있겠고, 설령 이 주제가 훨씬 더 충분하고 적절하게 다뤄진다 해도 마찬가지겠습니다. 그런 질문들을 던지는 과정에서 문제의 핵심은 늘 정말로 달아나버린 듯 보일 겁니다. 마치 누군가가 그것 위로 그물을 던질 생각

---

64 완전한 사람이 되려면 재산을 다 팔아 가난한 사람들에게 나눠주라는 표현으로 신약 성경 《마태복음》 19장 21절에 나온다. 훌륭하지만 실천할 수 없는 조언을 뜻한다.

을 하는 순간, 푸드득거리는 날갯짓 소리가 들리더니, 어느새 생명의 나무 맨 윗가지에 올라선 그것이 웃으며 말문을 막아버리고 있듯이!

그렇다면 뭔가를 추구하는 일은 전부 공허할까요? 자기 예술의 의미와 방법에 관해 뚜렷한 시각을 지니려 하는 노력은 소용없는 일일까요? 당연히 그렇지 않죠. 어떤 예술도 그 안에서 이끌어낸 규칙들 속에 갇혀 있을 수 없다면, 예술을 실행하는 이들이 그 예술을 가늠해보고 과정에 맞는 해법을 찾아내려 하지 않는 한 예술은 스스로 온전히 실현될 수도 없죠. 문제의 핵심이 늘 달아나버린다는 말은 사실인데, 그 핵심, 날개가 투명해 잡을 수 없는 그것은 예술가의 내밀한 안식처이자 질문이 필연적으로 멈출 수밖에 없는 경계에 있는 신비스러운 사차원 세계에 둥지를 틀기 때문이죠. 이 세계는 접근할 수 없는 곳이지만, 거기에서 나오는 피조물들이 그곳의 법과 절차 같은 것들을 드러내버려요.

여기에서 또 하나의 괄호를 열어 다시 한 번 짚어야 할 사실은, 예술가가 창작 행위를 거쳐 자기 자신에 관해 지어올린 이런 세계가 우리에게 와닿고, 우리가 아는 삶하고 비슷한 모습을 통해 감동을 주지만, 예술가의 의식 속에 있는 그 세계의 본질, 그 세계의 핵심은 타자라는 점이에요. 모든 무가치한 소설과 비효율적 평론은 바로 이 사실을 망각한 데에서 비롯되죠.

예술가에게 자기 세계란 경험의 세계만큼이나 틀림없는 현실이고, 어쩌면 훨씬 더 현실적일 수 있지만, 어떤 면에서는 전혀 다르기도 해요. 그곳은 예술가가 노력한다는 아무런 느낌 없이 드나드는 세계이지만, **드나듦에 관한 한 결같은 인식**은 언제나 있어요. 이 세계에서는 예술가의 상상이 빚어낸 피조물들이 잉태되고 탄생하며, 예술가에게는 이런 존재들이 자기 피와 살보다도 생생하겠지만, 단순화하는 독자의 감각에서는 결코 살아 있는 존재로 여겨지지 않아요. 작가 자신에게는 환영visionary이면서 독자에게는 실재인 존재들이 지닌 이런 이중적 성격을 꼭 붙들지 않는 한, 작가는 등장인물들의 주인이 아니라 노예가 될 겁니다. 여기에서 작가가 주인이라는 말은 등장인물들이 작가가 들고 있는 줄에 달랑거리며 매달린 꼭두각시 인형이라는 이야기가 아니에요. 일단 작가의 환상fancy을 따라 투사된 뒤에는 등장인물도 자기 나름의 삶을 누리는 살아 있는 존재이지만, 등장인물들이 사는 세계는 창조주가 의식적으로 부과한 거죠. 이런 예술가의 대상성objectivity이라는 수단을 써야만 등장인물들은 예술 속에서 살아갈 수 있어요. 꼬마 넬[65]이 죽자 디킨스가 눈물을 흘렸으리라는 이야기에 저는 별로 감동하지 못했죠. 그러니까 천국의 우유 milk of Paradise[66]에서 증류한 눈물이 아니라 진짜 눈에서 흘러나오는 눈물을 가리킨다면 말이죠. 예술가가 할 일은 울리되 울지 않고 웃기되 웃지 않는 겁니다. 그리고 눈물과 웃음, 피와 살 따위는 예술가를 거쳐 예술이 그 안에서 작용하는 실체로 변형되지 않는 한 예술가가 지닌 목적이나 우리가 지닌 목적에 아무것도 아닌 것이 됩니다.

최후 진술 같지만, 이런 말이 다는 아닙니다. 이 마술적 세계가 열리지 않는 한 소설가는 예술의 가장자리에도 닿지 못한 셈이니, 예술에 정통한 이들은 표현력이란 선천적인 재능이라 느낄지 모르겠습니다. 그러나 사실은 그렇지 않습니다. 그 사차원 세계의 피조물들은 인간 동물만큼이나 혼자서는 아무것도 할 수 없는 상태로 태어나며, 꿈에서 실행으로 건너올 때마다 예술가는 그 경계에서 여러 규칙과 공식을 찾아내야 할 겁니다.

---

65 찰스 디킨스가 쓴 《오래된 골동품 상점(The Old Curiosity Shop)》(1841) 속 등장인물.
66 아편을 가리킨다. 디킨스 시대 문인들은 아편을 자주 피운 듯하다.

4장

—

소설 속의
인물과 상황

I

상황과 인물

개념 정의는 아무리 까다롭고 부적합하다 해도 반드시 필요한 '비평 도구'입니다. 그렇다 보니 상황 소설novel of situation에 견줘 인물 소설novel of character 겸 풍속 소설을 다음 같이 구분할 수 있을 듯합니다. 상황 소설에서 저자가 상상한 인물들은 거의 늘 그 상황을 바라보는 시선 속에서 튀어나오며, 창조주가 지닌 천재적 재능이 무엇이든 간에 인물들은 그 상황에 따라 어쩔 수 없이 제어됩니다. 반면 좀더 범위가 넓고 형식이 자유로운 인물 소설 겸 풍속 소설(또는 인물 소설이나 풍속 소설 중 하나)에서는 등장인물들이 먼저 탄생하고 나서 수수께끼 같은 방식으로 나름의 운명을 계속 풀어갑니다. 어쨌든 대부분의 주제는 둘 중 어느 한쪽 관점에서 다루기 적합하기 때문에 이런 대략적인 구분은 앞으로 주제를 제시하는 두 방식 사이의 차이를 밝히는 데 도움이 될 겁니다.

영어로 쓴 위대한 소설들 사이에서 순전한 상황 소설의 예를 찾기는 쉽지 않은데, 순전한 상황 소설이란 그 책이 그 상황으로 기억되는 소설이라는 뜻이죠. 어쩌면 몇 안 되는 명확한 사례의 하나로 《주홍 글자》를 들 수 있겠어요. 또 다른 사례로 떠올릴 만한 《테스》를 보면, 등장인물에 관한 고찰이 드라마하고 워낙 복잡하게 얽힌 덕분에 그 모든 명백한 단점들을 뚫고 이 이야기는 특정 범주로 분류하기 힘든 탁월한 소설의 반열에 올라가죠. 테스가 겪은 비극을 기억하는 독자라 해도 테스라는 인물 자체를 훨씬 더 생생하게 기억하기 때문이에요.

영국을 뺀 대륙의 문학에서는 몇몇 유명한 책들이 상황 소설 범주에 동시에 등장합니다. 아주 초기작에 속하면서도 가장 유명한 작품은 괴테가 쓴 《친화력》인데, 근사하고도 끔찍한 드라마에는 창조주가 매단 줄을 제대로 끊어내지 못한 꼭두각시 인형 같은 인물들이 연결돼 있습니다. 초반에 나온 그 모호한 피조물들을 대체 누가 기억하겠어요? 그토록 기발한 불행을 잘 다듬어 숙성시키려는 열망 때문에 저자 자신도 깜빡하고 연옥에서 건져주지 않은 인물들을 말이죠.

톨스토이가 쓴 《크로이처 소나타》는 오직 상황의 힘만으로 살아 숨 쉬는 또 한 편의 소설인데, 물론 그 상황을 지탱하는 요소는 보편적 열정에 관한 심층 분석입니다. 《크로이처 소나타》 속 인물들이 어떤 사람들인지, 생김새가 어떤지, 생활한 집이 어떤 종류인지는 아무도 기억하지 못합니다. 그렇지만 인간적인 질투의 진정한 뿌리는 별다른 특징 없는 모호한 남편의 초상화에서 드러나는데, 이 인물은 한 가지 맹렬한 열정이 작용할 때만 활기를 띠는 꼭두각시에 불과하죠. 아마도 1837년에 출간한 《세자르 비로토César Birotteau》나 1832년에 출간한 《투르의 사제Le Curé de Tours》 같은 상황 소설에서 그토록 거침없이 파고드는 인물 탐구를 할 수 있는 작가는 오직 발자크뿐일 겁니다. 발자크는 이야기들이 호명될 때마다 주인공들과 주인공들을 괴롭힌 역경들까지 한꺼번에 기억 속에 몰려들게 만들었어요. 그러나 여러 범주를 이렇게 뒤섞는 방법은 모든 종류의 소설을 쓸 줄 알고 매번 해당 주제에 가장 적합한 방식을 선택할 줄 아는 소수 작가들만이 누리는 특권입니다.

인물 성격이 두드러지는 한편 드라마적 측면에서 본 상황은 최소한으로 축소된 소설을 찾는 일은 훨씬 더 쉽습니다. 이 유형의 이상이자 규범을 제시한 작가가 제인 오스틴이죠. 제인 오스틴이 쓴 이야기들이라면 등장인물에게 벌어지는 일을 독자가 이따금씩 잊게 된다고 말할 수도 있을 듯한데, 인물들의 사소한 약점과 기묘한 요소, 심취하거나 즐거워하는 일들로 채운 소소한 일과를 일일이 따라다니며 기억하느라 바쁜 탓이죠. 인물들은 '말하는' 초상화로, 잘 그린 초상화처럼 기이하리만치 현실 같은 방식으로 자기들의 시선을 통해 독자를 좇는데, 스탕달, 새커리, 발자크가 쓴 작품에 나오는 열정적이지만 뒤죽박죽인 인물들이 자기가 겪는 비극 속으로 급하게 독자를 끌고 들어가는 방식하고는 달라요. 그렇다고 해서 제인 오스틴이 창조한 인물들이 예정된 운명의 궤도를 따르지 않는다는 뜻은 아니에요. 인물들은 현실 속 사람들하고 같은 방식으로 진화하면서도, 워낙 은근하고 조용한 흐름이어서 그런 역사의 전개를 따라가는 일은 계절이 지나가는 모습을 지켜보는 일만큼이나 묵묵할 뿐이죠. 제인 오스틴은 자기 역량에 관한 감각만큼이나 자기 한계에 관한 감각이 뚜렷한 덕분에 무의식이든 의식적이든 그 작은 인간들을 거창한 행동 속에 밀어 넣으려 들지 않고, 조용한 배경을 선택해서 마치 태양이 과실을 빚어내듯 자기가 그려내는 초상화들을 눈치채지 못할 만큼 서서히 무르익게 할 수 있는 작가가 틀림없어요. 어쩌면 《엠마》는 마치 시냇물이 강둑을 조금씩 깎아내듯 인물 성격이 사건들을 조용하지만 거부할 길 없는 방식으로 빚어가는 영국 소설의 특징을 보여주는 가장 완벽한 예시일지도 모르겠네요.

이 범주에서 《엠마》 바로 다음으로 꼽을 만한 작품은 필치가 전혀 다른 메러디스가 쓴 걸작 《이기주의자》입니다. 어떤 이들은 비교 자체를 꺼릴 만큼 제인 오스틴식 섬세한 진행하고는 워낙 동떨어진 방식을 택하고 있기는 하지만, 지나치게 잦은 익살로 자기만의 통찰을 잊게 하고 피곤한 바보짓들도 대부분 상쇄하는 이 기상천외한 소설가는 한 현실적인 인간을 풍성하고도 세밀하게 탐구합니다. 그러나 제인 오스틴만큼 성공을 거두지 못해요. 메러디스가 만들어낸 윌러비 패턴이 특정한 개인보다는 하나의 전형에 가까운 반면, 《엠마》 속 모든 인물은 개인인 동시에 전형이고 다양하지만 언제나 완벽한 비율로 구성됩니다. 그렇기는 해도 이 두 작품은 순전한 인물 성격 묘사라는 영역에서 거둔 탁월한 성취이며, 이 정도의 면밀하고 정교한 탐구에 견줄 사례를 찾으려면 유럽의 가장 위대한 소설가들, (늘 그렇듯) 또다시 발자크로, 그리고 스탕달,

플로베르, 도스토옙스키, 뚜르게네프, 마르셀 프루스트, 그리고 어쩌면 아주 가끔 트롤럽이 내는 가장 잘 쓴 작품으로 되돌아가야 합니다.

그러나 몇몇 예외가 있지만 대륙 소설가들 작품에서는 인물 묘사가 풍속 탐구하고 떼려야 뗄 수 없을 정도로 결합되는데, 톨스토이, 발자크, 플로베르가 쓴 소설이 그런 사례죠. 뚜르게네프는 1856년에 출간한 소설 《루진Рудин》에서 거의 전적으로 단일 인물의 성격 묘사만으로 구성된 흔치 않은 사례를 제시했습니다. 정반대 극단에 자리한 새뮤얼 버틀러의 《만인의 길》도 인물의 성격 묘사는 뛰어나지만, 본질적으로 어느 가족과 사회 집단을 묘사한 만큼 가장 탁월한 '풍속' 소설의 하나로 꼽을 수 있겠네요.

피상적이나마 이런 기초적인 설명은 인물이나 상황 중 어느 한 쪽으로 무게가 좀더 실리는 다양한 유형의 소설들을 눈여겨보려 할 때 단순한 정의들에 견줘 훨씬 더 도움이 될 겁니다.

II

상황 소설과 인물 소설

영어권 작가들의 손에서 소설은 아무리 극적인 에피소드들이 뒤섞이고 이른바 플롯이라는 모호한 틀 속에 얽혀 있어도 가치가 높아질수록 늘 인물과 풍속으로 짠 그림에 의존하는 경향이 있었습니다. 전통적 의미에서 플롯은 여러 사건들의 충돌로 구성됐고, 빈도는 덜하지만 종종 인물 사이의 충돌로 구성되기도 했습니다. 그러나 플롯은 자의적으로 부과되고 꽤나 거대하게 구축된 구조물로, 관련 인물들은 그 안에서 나름대로 각자 특유성을 발달시켜 자기 자신으로 존재할 만한 공간을 확보할 수 있었습니다. 다만 결정적인 몇몇 순간에는 예외적으로 플롯의 꼭두각시가 됐죠.

좀더 압축적이고, 그리고 무엇보다도 좀더 필연적인

사건을 다룬 진정한 상황 소설이 적어도 영어권에서 구체적 형태를 갖추기 시작한 때는 바깥에서 벌어진 일들 때문에 빚어진 소동을 뜻하는 전통적 의미의 '플롯'이 밀려난 자리를 영혼의 드라마soul-drama야말로 진정한 드라마라는 발견이 대체한 무렵이었어요. 사실 상황 소설은 영어권 국가들에서 제대로 자리를 잡은 적이 없었어요. 반면 프랑스에서는 17세기와 18세기 심리 소설에서 자연스레 성장한 듯한데, 인물 사이에 벌어지는 갈등은 애초부터 **등장인물** 묘사를 단순하게 변화시키고 주요 인물들을 특정한 사람보다 특정한 욕망으로 구현하는 경향이 있었죠.

이런 위험에서 영국 소설을 지켜낸 특징은 대체로 개인성personality을 향한 식을 줄 모르는 관심과 어슬렁거리기를 좋아하는 경향이었어요. 스콧, 새커리, 디킨스, 조지 엘리엇, 그리고 그 뒤를 잇는 작가들의 플롯은 원한다면 사실상 따로 분리할 수 있고, 따라서 그 플롯들이 인물 소설에 부과된 방식은 상당히 임의적이죠. 그 무렵 인물 소설은 플롯이 느슨하게 지지하는 테두리 안에서 느리지만 꾸준히 발달하는 중이었고, 19세기에 들어서면서 영국 소설을 대표하는 전형적인 형식이 됐어요.

상황 소설은 좀 다른 문제죠. 상황은 외부에서 부과되

기는커녕 이야기의 알맹이이자 이야기가 존재하는 유일한 이유예요. 상황은 인물들을 완고한 손아귀로 움켜잡고 대단한 능력의 소유자가 아니면 어지간해서는 이겨내기 힘든 가차 없는 힘으로 작품이 요구하는 태도 속으로 메다 꽂죠. 모든 소설 형식마다 중심인물들은 현실성이 가장 떨어지는 경향이 있어요. '남성 주인공'과 '여성 주인공'의 본분이 현실적인 면보다는 숭고함이던 긴 세월을 견디고 살아남은 이 중심인물들이, 저자는 인식하지 못한다 하더라도 작가의 신념을 기치로 내걸거나 내밀한 성향을 표출한다는 사실로 어느 정도 설명될 수 있을 듯합니다. 주어진 상황 속에서 작가가 하려는 일, 또는 하려 한다고 상상하는 일을 행하고 말하는 이 인물들은 작가 자신의 개인성을 단순히 투사한다는 의미에서 **작가 소유죠**. 온갖 인간적 약점과 모순 속에서 작가가 냉정하고 객관적인 시선으로 바라보는 주변 인물들이 지니기 마련인 실체와 환기 효과가 이 인물들에게는 없어요. 그렇지만 소설 속 '남성 주인공'과 '여성 주인공'이 비현실적인 데에는 종종 간과되는 또 다른 이유가 있는데, 이 이유는 특히 상황 소설 속 주요 인물들에 적용해봄 직하죠. **이야기란 주요 인물들에 관련되기** 마련이라 사건들이 부과하는 모습에 맞게 주요 인물을 억지로 구체화하는 반면, 부수적 인물들은 여기저기 이 야기의 틈새에서 마음 편히 움직이고 인간적이고도 터무 니없는 방식으로 자유로이 각자의 일을 계속하면서 작가 와 독자에게 현실적인 존재로 남아요.

모든 소설에서 예를 찾을 수 있는 이런 사실은 상황 소 설 속에서 가장 생생해지는데, 여기에서 등장인물들은 라 오콘 군상[01]이 되고 가차 없는 모험의 소용돌이에 휘말려 죽음을 맞이해요. 이런 점이 상황 소설과 인물 소설을 구 분하는 변곡점이고, 소설을 쓸 때 흔히 이 두 방식을 양자 택일 대상으로 보게 되는 이유입니다.

---

01 로마 바티칸 박물관에 전시된 고대 그리스 조각상으로, 포세이돈이 내린 저주를 받은 트 로이의 신관 라오콘과 두 아들을 표현한 작품이다.

Ⅲ

전형적이면서도 개성적이고
보편적이면서도 특수한

소설 평론의 하찮은 공식들에서 벗어나 소설이라는 예술의 의미와 한계를 좀더 명료하고 심층적으로 표현하려는 생각 많은 비평가는 상황 소설과 인물(또는 풍속) 소설에 관한 어설픈 정의가 상반되고 상호 배제적일 수밖에 없다며 틀림없이 펄쩍 뛸 겁니다. 그 생각 많은 비평가의 말이 맞을 테고, 생각 많은 소설가도 그 의견에 동의할 겁니다. 한 가지 방식을 또 다른 방식에 대비시키는, 그런 자의적 구분이 대체 무슨 의미가 있을까요? 거의 모든 위대한 소설은 다재다능함과 풍부함 속에서 두 소설 유형을 모두 결합해 한 편의 걸작으로 만들어낼 근사한 가능성을 제시하고 있는데?

이를테면 《안나 카레니나Anna Karenina》[02]는 어느 범주에 들어가야 할까요? 물론 인물 소설 겸 풍속 소설 범주에 들어가죠. 그러나 그런 속도와 기세로 이야기를 요약한다면 뒤마 피스[03]는 '상황을 다룬' 극을 쓰느라 무슨 상황을 생각이라도 해낸 적이 있었나요? 톨스토이가 가까스로 일렁이는 망망대해처럼 드넓은 러시아 사교계 위에 또렷이 띄워놓은 수준의 절반만큼이라도 신랄하거나 극적인 상황 말이에요. 확연하게 풍속 소설, 인물 소설에 들어가는 《허영의 시장》으로 다시 넘어오면, 베키, 로던, 스타인 경 사이에 벌어진 상황은 등장인물로 빼곡한 지면들 사이에서 얼마나 극적으로 두드러지며, 사방에 흩어진 의미를 모두 그 안에 다시 모아 담고 있는지!

답은 명백합니다. 창의력이 어떤 단계를 넘어가면, 다양한 방법들, 상충하는 듯 보이는 여러 관점들이 예술가의 종합적 시각 안에서 결합되며, 주제에 내재된 상황들은 전반적인 작품 구성을 흩트리지 않고도 꽉 찬 그 배경에서 스스로 확실히 빠져나온다는 겁니다.

---

02 톨스토이가 1878년에 발표한 장편 소설.

03 알렉상드르 뒤마 피스(Alexandre Dumas Fils·1824~1895)는 프랑스의 소설가이자 극작가로, 주세페 베르디(Giuseppe Verdi·1813~1901)가 작곡한 오페라 〈라 트라비아타(La Traviata)〉(1853)로 알려진 《춘희(La Dame aux camélias)》(1848) 등을 썼다.

그러나 정말 그렇다 해도, 가장 위대한 소설가들, 매슈 아널드가 셰익스피어에 관해 말한 대로 우리가 던지는 질문을 기다리지 않는 자유로운 소설가들에게나 해당되는 이야기죠. 이런 소설가들이 지닌 드넓은 시각은 거기에 맞먹는 조율 능력하고 결합돼요. 그렇지만 창의적 시각을 지닌 소설가는 자기 주제를 조율하고 그려내는 역량이 부족하거나, 또는 적어도 같은 작품에서 인물 성격의 발전과 상황의 충돌에 동등한 구실을 부여하지 못하는 사례가 더 흔하죠. 분류를 항상 뛰어넘을 만큼 탁월한 기술이 없는 탓에 대부분의 소설가는 자기 작품을 상황 또는 성격이라는 두 범주 중 하나에 속하게 만드는 경향이 있었고, 따라서 소설 속 삶은 갈등 아니면 인물 성격으로 제시돼야 한다는 피상적인 비평 이론이 강화됐어요.

물론 이른바 인물 소설, 심지어 가장 유능한 수준에는 못 미치는 작가 손에 맡겨진 소설이라 해도 극적 갈등이라는 의미에서 상황을 배제하지는 않습니다. 그러나 소설가는 연속된 에피소드를 바탕으로 이야기를 전개하는데, 상황은 결국 어떤 식으로든 풍속이나 인물을 조명하는 모든 것들에서 튀어나오게 됩니다. 중세 시대 세밀화 화가가 자기가 고른 중요한 주제를 아름다운 장신구와 섬세한 소품들로 둘러싸듯이 인물 소설을 쓰는 작가는 도중에 머뭇거리기도 하고, 샛길로 빠지는 일을 겁내지 않으며, 부수적 요소들을 그려 넣어 자기가 묘사하는 장면을 풍성하게 만듭니다. 반면 상황 소설에서는 정의상 특정한 인간의 양심으로 해결될 문제라든가 서로 다른 의지들이 부딪쳐 일어나는 갈등이 소설가의 유일한 테마는 아니더라도 중요한 테마이고, 주제를 직접 조명하지 않는 모든 것은 무관한 요소로서 배제해야 합니다. 그렇다고 해서 상황 소설로 분류되는 유형의 이야기, 이를테면 《테스》에서 색채나 인물 성격을 다루는 에피소드가 금지 사항이라는 의미는 아닙니다. 오늘날 상황 소설을 쓰는 작가가 《아돌프》나 《클레브 공작 부인》 같은 흑백의 단순함으로 회귀할 가능성은 별로 없을 겁니다. 작가는 온갖 색채와 주제에서 나오는 갖가지 그림 같은 부산물들을 활용합니다. 그렇지만 아무리 매력적인 장식이더라도 설계 때 들어간 요소가 아니라면 작가는 거기에 단 하나도 덧대기를 삼갑니다.

만일 두 방법이 그토록 대조적이라면, 인물 소설 겸 풍속 소설이 풍부함, 다양성, 빛과 그림자가 내는 효과 면에서는 우월해 보일지 모릅니다. 그렇다고 해서 어느 한 방법이 다른 방법보다 총체적 효과도 우위일 수밖에 없다는 증거가 되지는 않습니다. 그래도 지금까지 가장 위대한 소설들이 단순히 상황만 다루지 않고 인물 성격과 풍속까지 다룬 점은 분명합니다. 소설이란 연극적 표현 양식에서 거리가 멀어질수록 좀더 자유로운 예술이라는 본래 목적에 더 가까워지며 무대에서는 결코 완전히 충족되지 못할 더욱 섬세한 상상적 요건들에 부합한다는 추론을 하지 않을 수가 없죠.

어떤 상황에 사로잡힌 채로 자기 인물들이 그 상황의 정점까지 내달리는 모습을 지켜보는 소설가에게는 보기 드물게 예리한 눈과 확신에 찬 손이 필요합니다. 독자가 그 인물들을 현실 속 인간으로 인식할 수 있을 만큼 충분히 오래 인물들을 붙든 채 윤곽을 수정해야 하거든요. 순전한 상황 소설 중에서는 《잘못된 상자The Wrong Box》[04]만큼 이 부분을 예술적 솜씨로 다룬 사례가 또 있을까 싶은데, 여기에서 스티븐슨은 정신없이 웃겨대는 소극 속에 끝까지 각자의 현실성과 개인성을 유지하는 생동감 넘치고 개별적인 **현실감 넘치는 사람들** 한 무리를 등장시켰습니다.

---

04 로버트 루이스 스티븐슨이 의붓아들 로이드 오스본(Lloyd Osbourne·1868~1947)하고 함께 써 1889년에 출간한 블랙 코미디 소설.

눈물까지 흘리게 할 정도로 독자를 웃기는 바람에 대개 미묘한 인물 성격 묘사를 못 보고 지나치기도 하지만, 《질 블라스 이야기》에 나오는 사람들, 뒤마의 《몽소로 부인La Dame de Monsoreau》[05]에 나오는 광대 치코와 고렝플로라는 인상적인 인물들 정도를 빼면, 어떤 활동적인 이야기에서든 반짝거리는 소극 전체를 관통하며 신나게 뛰노는 이들만큼 생생하고 개성적인 인물들을 찾기는 힘들 겁니다.

상황은 소설가의 상상을 붙들고 이야기에 자기 속도를 강요하는 경향이 있는데, 여기에 맞설 길은 오직 기질의 풍부함과 견고함뿐입니다. 작가는 고정불변의 법칙 안에 있는 모든 인간의 욕망, 야망, 잔인함, 약점, 숭고함을 포함할 수 있을 만큼 충분히 넓은 범위를 확보해야 해요. 무엇보다도 작가가 걸음걸음마다 명심해야 할 점은 상황이 등장인물들로 무엇을 만들어낼지 묻는 일이 아니라 등장인물들이 자기 본연의 모습으로 있으면서 그 상황으로 무엇을 만들어낼지 묻는 일이 자기 소임이라는 사실입니다. 진실의 소리굽쇠에 해당하는 이 질문이 가장 집요하게 적용돼야 하는 순간은 대개 소설이 절정으로 치닫는 장면

---

05 알렉상드르 뒤마가 1846년에 발표한 역사 소설.

들을 부각시키는 대화를 쓸 때입니다. 등장인물들이 자연스러울 법한 방식이 아니라 상황이 요구하는 방식대로 대화를 나누고 작가의 드라마를 좀더 빠르게 해명할 수 있는 방향으로 대놓고 도움의 손길을 내미는 모습을 발견하는 순간, 그 인물들이 각자 놓인 곤경에 압박받은 탓에 내뱉는 부자연스러운 말을 듣는 바로 그 순간, 의도한 효과는 현실성을 희생한 대가로 생성된 셈이고, 작가는 자기 손바닥 위에서 인물들이 톱밥이 돼버리는 광경을 목격하게 될 겁니다.

그런 위험을 의식하면서도 위험에 대처할 만큼 능수능란하지는 못한 몇몇 소설가는 좀더 현실감을 불어넣겠답시고 중요한 대화들 속에 관계없는 잡담을 끼워 넣어서 분위기를 바꾸려 들기도 했습니다. 그러나 이런 시도는 발자크가 '사실상 예술에는 속하지 않는 현실성'이라 말한 함정에 또다시 빠지는 일입니다. 대화란 이야기 전반에 흐르는 욕망과 감정의 느슨한 가닥들을 그러모으는 데 목적이 있습니다. 그리고 날씨라든가 마을 공동 우물에 관한 두서없는 수다 속에 이 타래들을 얽어매려는 시도는 서술자가 꼭 필요한 선별 작업을 할 줄 모른다는 사실만 드러낼 뿐입니다. 소설가가 지닌 모든 기술은 이런 시험들을 치르며 작동합니다. 등장인물들은 현실에서 할 법한 대화를 나눠야 하지만, 작가가 하려는 이야기에 관련 없는 모든 요소는 제거돼야 합니다. 성공 비결은 작가의 선택 본능에 있습니다.

이런 난제들이 상황 소설을 열등하다거나 또는 적어도 가치 없는 형식이라 비판할 이유가 되지는 않습니다. 오직 규모 문제만 놓고 볼 때 어쩌면 좀더 규모가 큰 형식만 못할 수 있지만, 인물 소설 겸 풍속 소설은 특정한 창의적 정신들을 잇는 자연스러운 매개가 되는 만큼 분명히 가치는 있습니다. 하고 싶은 이야기가 있을 때 창의적 역량을 발휘해 형식부터 먼저 제시하고 그다음 이야기 내용을 알려주는 소설가들이 있는 한, 상황 소설은 목적을 달성할 겁니다. 그러나 그 형식이 지닌 위험 요소들에 관한 경고가 필요한 대상은 바로 이런 유형의 소설가입니다. 관련 등장인물들을 발견하기도 전에 문제부터 떠오른다면 소설가는 그 문제를 다룰 때 한층 더 신중해야만 하고, 그 특정한 곤경에 저절로 연루될 종류의 사람들을 그 문제가 알아서 불러낼 때까지 자기 마음속에 그대로 둬야만 합니다. 소설가가 풀어야 할 영원한 문제는 등장인물들을 전형적이면서도 개성적이고 보편적이면서도 특수하게 만드는 일에 관련되며, 나아가 상황 소설이라는 형식을 채택할 때 집요하게 자기 인물들을 먼저 생각하고 그 인물들이 놓인 곤경이 그저 각자의 됨됨이에서 비롯된 결과라 여기지 않는 한, 소설가는 온갖 속성들 사이의 근사한 균형을 어그러트릴 위험을 영구히 감수하는 셈입니다.

적절한 조합

곤경, 곧 상황은 여전히 유념할 대상이에요. 소설가가 자기 과업에 전혀 다른 방식으로 접근해 자기가 하는 이야기를 상황을 설명하는 인물이 아니라 인물을 설명하는 상황으로 여긴다면 말이죠.

인물 소설 겸 풍속 소설에도 상황이 없을 수는 없어요. 다시 말해 관련된 상충하는 힘들이 야기하는 일종의 클라이맥스마저 없을 수는 없다는 뜻이죠. 갈등, 그러니까 여러 힘의 격돌은 한 조각 떼어낸 인간 경험을 예술, 곧 완성이라는 관점에서 전환시키려는 모든 시도 속에 잠재돼 있죠.

얼핏 생각하면 1880년대 '인생의 단면' 기법의 다른 이름일 뿐인 '의식의 흐름'에 기대는 편이 대안 같기도 하지만, 이미 지적한 대로 이 방법에는 자체적인 비판도 담겨 있어요. 필요 때문에 이 방법을 채택하려는 모든 시도에는 선택이 내포돼 있고, 선택이란 결국 주제의 전환, 곧 '양식화'까지 이어져야 하는 문제이기 때문이죠.

그렇다면 어느 한 영혼 속에서 진행되든 상충하는 목적 사이의 충돌로 빚어지든 곤경은 반드시 있어야 한다고 가정할 수 있겠어요. 소설가의 역량은 자기가 고른 테마에 비례해 균형을 맞춘다고 가정하면, 소설을 쓰는 캔버스가 크면 클수록 곤경도 규모가 커지겠죠. 발자크, 새커리, 톨스토이가 두각을 나타낸 뛰어난 풍속 소설에서 갈등은 개인뿐 아니라 사회 집단하고도 연관되며, 개개인이 겪는 곤경은 대개 사회적 갈등의 여러 산물 중 한 가지 산물입니다. 상황은 결국 모든 이야기의 핵심이며, 《귀향》의 긴장감 가득한 비극이라든가 《전쟁과 평화》의 서사시적 충돌, 《허영의 시장》의 밀도 높은 사회적 혼란 속만큼이나 《외제니 그랑데》나 《골짜기의 백합》의 조용한 지면에도 분명히 존재한다고 할 수 있겠네요.

그러나 개인적이든 사회적이든 인물의 관점에서 주제가 먼저 스스로 모습을 드러낸다면, 그런 때 소설가는 인물을 개인적이든 집단적이든 제대로 파악도 하기 전에 상황부터 인물에게 맞출 필요 없이 자기 인물이나 집단이 각자 자기 일을 해내는 모습을 조용히 지켜볼 수 있고 각자의 됨됨이와 특이성, 유머, 편견을 바탕으로 이야기의 형식이 성장하게 둘 수 있다는 주요한 장점을 지니죠.

소설 쓰는 방법마다 나름대로 위험 요소가 있다는 점, 인물 성격 탐구를 지나치게 추구하다 보면 그 인물을 설명하는 데 필요한 행동을 수면 아래로 가라앉히게 되기 쉽다는 점은 명백해요. 자의적 '플롯'에 맞선 필연적 반동으로 많은 소설가들이 반대 방향으로 너무 멀리 가버린 나머지 단조로운 '의식의 흐름'에 스스로 침잠하거나, 흔하게 저지르는 또 하나의 오류로서 사소한 삶들에 관련된 이야기에서 사소한 사건들을 지나치게 중요하게 다루기도 하죠. 예술의 손길이 닿는 것은 무엇이든 사소하지 않다는 말은 맞아요. 그러나 이 정도 수준까지 도달하려면 그 사건 자체는 중요하지 않더라도 몇몇 일반적인 법칙을 설명하거나 영혼 깊은 곳에서 일어나는 어떤 움직임을 이끌어내는 사건이어야 합니다. 자기 드라마를 버튼 하나에 맡기고 싶은 소설가가 있다면 그 버튼은 적어도 리어왕 정도는 돼야 해요.

어떤 예술이든 실행 과정에서 모든 요소들은 한데 결합되기 마련이며, 소설 쓰는 기술에서 인물 성격과 풍속,

그리고 이 둘에서 생겨난 클라이맥스는 주제로 축약되지 않은 채 따로 다뤄질 수는 없어요. 이 모든 구성 요소들을 적정 비율로 조합하는 일은 소설가가 지닌 천재성에 속한 영역이죠. 그런 다음 인물 성격에 우선순위를 주면 《엠마》나 《이기주의자》, 거기에 드라마가 섞이면 《고리오 영감》이나 《보바리 부인》이 되죠. 그리고 모든 관점과 모든 방법이 조화롭게 어우러져 개인, 집단, 그리고 그 뒤에 놓인 사회적 배경이 작품 구성 속에서 각자 완벽히 할당된 몫을 떠맡는 근사한 그림을 완성하면 《전쟁과 평화》, 《허영의 시장》, 《감정 교육》이 될 겁니다.

새 예루살렘의 거대한 네 벽은
천사의 피리 소리로 각자 제 자리를 받았네—.[06]

정말 그렇습니다. 그렇지만 그런 자리를 적절히 맡는 일은 가장 위대한 예술가들에게도 평생 한두 번 있을까 말까 하답니다.

---

06 영국의 시인이자 극작가 로버트 브라우닝(Robert Browning, 1812~1889)이 이탈리아 화가 안드레아 델 사르토(Andrea del Sarto·1486~1530)에게 영감을 받아 쓴 시 〈안드레아 델 사르토(Andrea del Sarto)〉의 한 구절이다.

5장
—

마르셀
프루스트

의도적으로 전통적인 소설가

마르셀 프루스트에 관해 어떤 식으로든 적절히 설명하는 일은 《잃어버린 시간을 찾아서》의 작품 권수가 늘면 늘수록 점점 더 어려워졌고, 첫 권이 출간된 뒤 시간이 한참 흘러 더 어려워진 측면도 있어요. 게다가 (결말이 곧 나올 예정이라는 사실을 이제 알기는 하지만)[01] 이 연작은 여전히 미완이며, 이미 출간된 촘촘하면서도 방대하게 펼쳐진 지면들 속에서 명확한 의도를 찾아보려 드는 용감한 비평가가 있다면 나름의 위험을 무릅쓰는 셈이고, 장황하고 요란한 《질 블라스 이야기》부터 간결하고 절제된 《엠마》에

---

01 이디스 워튼은 이 책을 1925년에 출간했고, 《잃어버린 시간을 찾아서》는 1927년에 마지막 권이 나왔다.

이르는 모든 위대한 소설에서 작품 초반부터 전달되는 내적 연속성에 관한 그 감각을 믿는 셈이기도 하죠.

때 이른 죽음은 그 방대한 내러티브의 마지막 쪽에 프루스트가 죽어가는 손길로 마지막 단어들을 적어 넣고서야 비로소 찾아왔어요. 마지막 단어들이기는 했지만, 불행하게도 마무리하는 단어들은 되지 못했죠. 작가가 세상을 떠난 뒤 미간 상태인 부분에는 그전에 나온 앞 권들에 황금빛 원숙함을 선사하던 그 무수한 풍요로운 필치들이 남아 있지 않더라는 소문이 돌았는데, 《갇힌 여인La Prisonniere》[02] 이 출간되고 보니 그 소문이 사실이었으니까요. 그러나 쇠약한 육체와 (《갇힌 여인》에서 감지되듯) 깊은 정신적 고통 탓에 어둡고 흐릿해진, 투병 중에 쓴 이 마지막 장들이 정교하게 직조된 구조의 모든 가닥들이 향하고 있는 듯한 그 통일성에 관한 약속을 지키든 지키지 못하든, (아마도 작가의 위대함을 최종 판단할 근거가 될) 앞 권들은 분명히 말하고 있어요. 작가 자신이 그런 통일성이 필요하다는 사실을 절감한데다가 병에 걸려 능력이 허물어지지만 않

---

02 모두 7권인 《잃어버린 시간을 찾아서》의 5권으로, 프루스트가 세상을 떠난 뒤인 1923년에 출간됐다.

는다면 자기가 지닌 천재성을 끝없이 이 작품에 쏟아붓고도 남을 사람이라는 겁니다. 비평가는 이런 추측을 바탕으로 작품을 비평해야 하고, 그 정도면 우리 앞에 놓인 조각을 이미 잠재하는 전체로 다루는 방식을 정당화하는 데 충분하죠.

비평가에게 더 심각하게 다가오는 부분은 《스완네 집 쪽으로Du Cote de chez Swann》[03]로 시작된 그 놀라운 행렬 뒤 흘러버린 긴 시간 때문에 생겨난 장애물이죠. 지난 반세기 동안 틀이 잡힌 소설 쓰는 기술이라는 개념은 쭉 이어진 실험들을 거치면서 뒤흔들렸고, 그런 실험들은 매번 최종적이고 유일한 소설 쓰기 방법이라며 너무 성급히 퍼졌어요. 이런 최후통첩들을 계승해 물려준 비평가들은 이전 세대의 기준과 어휘에는 더는 어떤 관심도, 심지어 고고학적 관심조차 두지 않기로 한 듯했습니다. 그리고 지난날 통용된 원칙들에 관한 이런 식의 전면적인 거부는 소통은 어렵게 하고 결론은 모호하게 만든다는 점에서 결과적으로 혼란을 일으켰고요.

모순되는 아우성이 낳은 뜻밖의 결과는 10년이나 12

---

03 《잃어버린 시간을 찾아서》의 1권이다.

년 전만 해도 많은 이들이 거의 이해할 수 없는 혁신적 작가로 여기던 프루스트를 고전 전통의 위대한 계보 속 합당한 자리로 다시 옮겨놓았죠. 그러므로 프루스트의 예술을 두고 뭔가 판단해보려는 시도가 이중으로 고된 일이 됐다면, 한편으로는 이중으로 흥미로워진 셈이기도 했어요. 동시대 소설가들 사이에서는 거의 유일하게 오늘날 혁신적인 작가들에게 여전히 위대한 소설가로 평가받는 사실은 분명하지만, 그런데도 프루스트는 자기가 예술 세계에서 바로 그 훨씬 더 견실한 쪽, 곧 혁신자라는 사실을 명확히 할 만큼 이미 충분히 독보적이었으니까요.

프루스트는 프랑스 문화의 통상적 범위를 훨씬 넘어서서 펼쳐진 문예에 관한 일반적 지식에 자기 나름의 독특한 시각을 결합했어요. 그리하여 발전 중인 예술에서 과거를 끊어낸다거나 물려받은 풍부한 경험을 낭비하지 않고도 한걸음 더 내디딜 수 있는 흔치 않은 적임자였죠. 미국처럼 유럽에서도 그토록 많은 젊은 소설가들이 사소한 혁신을 지나치게 중요시하게 된 이유는 독창적인 시각뿐 아니라 전반적인 문화 자체까지 부재한 탓이에요. 독창적 시각은 기성 형식을 사용하는 일을 결코 두려워하지 않죠. 그리고 오직 세련된 지성만이 단순히 피상적인 변화 또는 폐

기된 기법에 쓰인 요령으로 돌아가는 회귀에 불과할 형식을 본질적으로 새로운 시도라고 오판할 위험에서 벗어날 수 있고요.

프루스트를 읽으면 읽을수록 이 소설가가 지닌 힘은 전통의 힘이라는 사실을 깨닫게 되죠. 프루스트가 보여준 가장 새롭고 가장 매력적인 효과는 구식 선택과 설계를 거쳐 완성됐어요. 이렇게 방대하고 느긋하면서도 목적이 분명한 작품을 구성하는 과정에서 실제로 낭비되거나 아무렇게나 끌어들여진 요소는 하나도 없고요. 프루스트가 처음에 그토록 혁명적으로 보인 이유는 두서없는 방식과 구문 삽입 때문이기도 하지만, 주로 지극히 개인적인 가치관에서 비롯된 강조점의 변동 때문이에요. 프루스트가 가장 강조하는 지점은 대개 그런 깊숙한 내면의 떨림, 흔들림, 모순으로, 여태껏 소설의 관습에서는 좀더 일반화된 진실과 좀더 빠르게 나타나는 효과에 견줘 경시한 요소죠. 프루스트는 그런 요소들 위로 몸을 숙인 채 지칠 줄 모르는 관심을 쏟아요. 의식과 무의식의 중간 상태인 마음, 생각에서 나오는 모호한 연상들, 끈적이며 요동치는 기분을 그런 정도까지 분석한 작가는 없었죠. 그러나 그런 요소들을 집요하고 면밀하게 곱씹으면서도 등불을 비추며 더듬는

밀림 같은 심해 속에서 자기 자신을 결코 잃지 않아요. 프루스트는 그토록 우회적인 길을 따라 목표에 도달하지만, 그 목표는 언제나 등장인물들의 의식적이고 목적이 뚜렷한 행위를 알려주는 일이에요. 이런 측면에서 프루스트는 요즘 철학 사조에서 보면 명백히 '행동주의자behaviourist'로 분류되는데, 행동주의자는 인간에 관해 마땅히 탐구해야 할 문제란 이해할 수 없고 흐릿한 인간의 근원보다는 의식적이고 유목적적인 행동이라 믿기 때문이에요. 사실 프루스트는 대표적인 두 공식, 그러니까 심리적 측면에서 라신과 일화적이고 산만한 설명 방식 측면에서 생시몽[04]을 잇는 의식적이고 의욕적인 계승자예요. 둘 중 어느 관점으로 보나 프루스트는 의도적으로 전통적인 소설가죠.

---

04 생시몽(Henri de Saint-Simon·1760~1825)은 프랑스의 경제학자이자 사회주의 사상가다.

곰곰이 생각하기

예술에서 유행은 오고가는데, 그런 유행을 뛰어넘는 종류의 존재에 관한 감각을 선사하지 못하는 예술 작품을 분석하려는 시도는 별로 흥미롭지 않습니다. 동시대 예술에서 무엇이 그런 감각을 만들어내는지 말하기란 늘 쉽지만은 않고, 어쩌면 그런 작품을 찾아내는 가장 좋은 방법은 익숙한 기준 적용하기일 수 있습니다.

소설 쓰기의 관점에서 중요한 권고를 놓치게 해온 온갖 혼란스러운 판단과 이론이 범람하는 와중에도 한 가지 불변의 사실은 늘 분명해지는 듯해요. 가장 위대한 소설가들이 언제나 공통으로 지니는 특질은 자기 인물들을 살아 숨 쉬게 만든다는 점이죠. 다른 무엇보다도 이 점이 가장 중요한 이유가 무엇이냐는 질문은 우리를 미적 특질이라는 가장 모호한 미로 속으로 끌고 들어갈 테지만, 워낙 널리 받아들여지는 사실인 만큼 논의의 근거로 삼기에는 충분할 듯합니다. 결합돼 있는 나머지 다른 모든 장점과 미덕 안에 그런 마술적 정화력은 없어 보여요. 비틀거리며 걷는 월로 남작[05]이 노령의 밀회로 향하는 계단을 오르는 모습이나 은색 자수 장식 양말과 빨간 굽 구두를 신고 계단을 내려오는 비어트릭스 에스먼드[06]의 모습에 비교해서, 활기, 기교, 풍부한 에피소드, 이런 요소들을 제시하는 기술 속에는 어떤 생존 능력이 있을까요?

쥐스랑은 《영국인들의 문학사Histoire littéraire du peuple anglais》[07]에서 셰익스피어를 생명을 주는 위대한 사람un grand distributeur de vie이라고 했어요. 사실 이 표현이야말로 프루스트에게 어울릴 별칭이죠. 살아 숨 쉬는 인물들로 채워진 프루스트의 갤러리는 거의 가늠하기 힘들 만큼 규모가 방대하고, 지금까지 계속 늘어만 가는 무리 속에서 그 수를 헤아려볼 수 있는 대상이 있다면 오직 실패뿐이에요. 그리고 프루스트

---

05 오노레 드 발자크가 쓴 《사촌 베트(La Cousine Bette)》(1846)에 나오는 색정광 노인이다.

06 윌리엄 새커리가 쓴 소설 《헨리 에스먼드 이야기》에 나오는 등장인물로, 전형적인 팜 파탈이다.

07 프랑스의 외교관이자 영문학자인 장 쥐스랑(Jean Jules Jusserand·1855~1932)이 1894년에 1권을 내고 1904년에 2권을 낸 책이다.

가 지닌 환기 능력은 (일종의 신기한 광학 법칙에 따라 소설가가 꼭두각시 인형들에게 비교적 손쉽게 생기를 불어넣을 수 있는 듯 보이는 거리인) 배경과 중경中景부터 샅샅이 수색하는 '중앙 전선centre front'까지 미치는데, 이 중앙 전선에서 면밀히 관찰되고, 설명되고, 또 설명되고, 이리저리 끌려다니다 해체된 뒤 다시 조립되는 주요 등장인물들은 작가가 끊임없이 벌이는 신경질적 조작에 저항하면서 각자 운명 지어진 길을 꿋꿋이 계속 걸어갑니다. 어찌나 가차 없이 심사를 당하는지 몸에 걸치는 옷이나 모자, 부츠, 장갑에다가 그림과 책과 여자 취향까지 있는 그대로 잔뜩 우리가 알게 될 정도가 된 스완이 가장 생생히 살아 숨 쉬는 대목은 바로 5권에 나오는 그 끔찍한 장면인데, 여기에서 스완은 게르망트 공작 부인에게 자기는 곧 죽을 사람이라 이듬해 봄에 공작 부부가 떠날 이탈리아 여행에 동행한다는 약속은 못 하겠다고 조용히 털어놓아요. 여기에 못지않게 생생한 장면은 구석진 침실의 옅은 황혼 속에 누운 병든 고모와 그 곁에서 시중을 들고 임종 때 의례 절차는 나머지 가족에게 넘기는 하인 프랑수아즈의 모습이에요. 옛날 프랑스식 여자 하인의 온갖 실수와 미덕을 보여주는 놀라운 합성 사진 같은 인물이죠. 그다음에 주인공의 할머니가 나오는데, 어느 비오는 날 쓸쓸히 산책하러 서둘러 나가는 모습으로 처음 등장한 순간부터 한참 나중에 프랑수아즈의 열성적이고 끈질긴 간호를 받으며 결국 쓸쓸히 죽음을 맞이한 그날까지 차분하면서도 마음을 따끔거리게 하는 생명력으로 여러 쪽을 채우는 인물이죠. 생루 후작도 있어요. 충동적이고, 이기적이고, 감상적이며, 최신 '문화'를 노골적으로 숭배하는가 하면, 보헤미안의 기준에서는 속물근성이지만 자기 기준에서는 단순성과 교육 잘 받은 예의범절을 갖춘 인물이죠. 그리고 생루 후작의 정부인 유대인 여배우는 이 남자가 한낱 '속물적 인간'에 지나지 않는데다가 아름다움을 팔아먹고 사는 자기 무리에 속하지 않는 인간이라는 이유에서 애인을 경멸해요. 훌륭하고 비참하고 추악하고 근사한 샤를뤼스 남작도 있으며, 머리는 영리하고 가슴은 둔감하면서 강렬한 세속적 욕망과 세상만큼 자기를 지루하게 만드는 일은 없다는 진심 어린 믿음을 지닌 게르망트 공작 부인도 빼놓을 수 없죠. 모든 사교술을 다 갖춘 이 불쌍한 공작 부인이 완전히 아연실색하고 화가 난 이유는 만찬 약속에 가느라 마차에 타려는 순간에 자기가 곧 죽는다고 알려온 스완 때문인데, 그런 찰나에 그런 소식을 불쑥 입 밖에 낼 만큼 요령 없는 친구에게 대체 어떻게 반응해야 할지 자기가 익힌 법도에서는 도무지 알 길이 없거든요! 아, 이 등장인물들은 모두 얼마나 생생히 살아 숨 쉬며 각자 나름의 풍부한 의미를 담고 있나요! 그리고 (당황스럽게도 한참 묘연히 사라진 뒤에) 다시 등장할 때마다 마치 훌륭한 오케스트라 연주자들처럼 각자 자기 리듬을 실수 없이 얼마나 정확하게 맞추는지요!

그 모든 산만함을 관통하면서도 늘 자기 인물들이 어디로 향하는지, 그 인물들의 말, 몸짓, 생각 중에 기록할 만한 가치를 지닌 요소가 무엇인지 아는 프루스트의 감각, 그리고 북적대는 인파를 능숙하게 헤치고 나아가는 솜씨는 위대한 예술가들만이 선사할 수 있는 안정감을 처음부터 독자에게 가득 채워주죠. 처음에는 매우 조용하게, 그러나 사실은 부주의하게 시작해놓고는 첫 쪽부터 5번 교향곡[08] 처음 몇 소절처럼 운명이 닥쳐오는 느낌을 전달하는 소설들도 있어요. 운명이 문을 두들기죠. 다음 두들기는 소리는 한참 뒤에야 나올 수도 있어요. 그렇지만 독

---

08 루트비히 판 베토벤(Ludwig van Beethoven·1770~1827)이 작곡한 〈운명(Symphony No.5 in c minor Op.67)〉을 가리킨다.

자는 그런 순간이 반드시 **오리라는** 사실을 알고 있죠. 마치 톨스토이 작품 속 이반 일리치가 이상하고 짧고 간헐적인 통증이 여러 날씩 사라져도 점점 자주 더 길게 다시 찾아오다가 결국 자기를 부서트리고 말리라는 사실을 분명히 알고 있듯 말이죠.

운명의 발자국 소리에 관한 이런 감각을 전달하는 방법은 여러 가지가 있어요. 그리고 소설가가 자기 작품 속 인물들이 지닌 영혼의 내밀한 작용과 여러 사건이 일어난 과정을 조명하려고 선별한 일들만큼 소설가의 상상력이 지닌 특질을 더 명료하게 보여주는 것은 없어요. 밀포드 헤이븐에서 사랑하는 포스추머스를 만나러 길을 나선 이모젠[09]은 (질투심 많은 포스추머스에게서 도중에 이모젠을 죽이라는 지시를 받은) 하인 피사니오에게 묻죠. "시간과 시간 사이에 우리는 몇 마일이나 갈 수 있을까?" 그러고는 고뇌에 찬 하인의 대답을 들어요. "주인님, 해와 해 사이에 20마일이면 충분히 오신 겁니다. 그리고 너무 많이 왔어요." 그러자 이모젠은 외쳐요. **"아니, 집행하러 가는 길인데, 이봐, 이렇게 느리게 갈 수는 없는 거라고."** 또

---

09 셰익스피어가 쓴 희곡 《심벨린(Cymbeline)》 속 등장인물이다.

는 그레트헨[10]이 파우스트에게 솔직한 마음을 열어 보이며 자기가 여동생을 갓난아기 시절부터 어머니 대신 키운 사연을 털어놓는 장면도 있어요.

어머니가 무척 편찮으셨어요. …… 그 불쌍한 어린것에게 우유와 물을 먹였죠. …… 요람이 내 침대 옆에 있어서 그 애가 뒤척이면 나는 어김없이 잠이 깼어요. 그 애를 먹이고, 내 곁에 데려다 누이고, 밤새도록 그 애를 데리고 마루를 서성이고, 다음날 아침 일찍 빨래통으로 가야만 했죠. 그래도 그 애를 사랑하니까 기꺼이 그렇게 했어요.

천재의 재빠른 손길이 앞으로 펼쳐질 길에 그런 빛줄기를 던져놓을 때면 우리는 이렇게 외치고 싶어져요. 그저 단순한 '상황' 속에는 아무것도 없다고, 소설가의 예술 전체는 그 소설가가 주어진 국면을 상상을 통해 구체적으로 드러내는 특정한 방식 안에 있다고!

인물들에게 이런 예언적 빛줄기를 던져 비추는 프루스트의 손길에는 엄청난 확신이 스며 있어요. 끊임없이 쓰라

---

10 괴테가 쓴 《파우스트》에서 회춘한 파우스트가 사랑하는 연인이다.

린 말과 의미 있는 몸짓을 찾아내죠. 《스완네 집 쪽으로》
의 독보적인 첫 장((콩브레Combray))에서 스완 씨가 저녁 식
사를 하러 오고 있다는 이유로 굿나잇 키스도 없이 서둘
러 침대에 눕게 된 뒤 주저하는 프랑수아즈를 설득해 '아
주 중요한 용건이 있으니' 자기한테 올라와달라고 애원하
는 쪽지를 엄마에게 건네게 하는 그 외롭고 작은 소년(서
술자)의 불안한 긴장감을 묘사하는 장면이 그런 사례죠.
여기까지는 이 에피소드도 어린 시절의 모호한 비극들을
파헤친 《불길한 거리Sinister Street》[11]가 출간된 뒤에 나온 현대
소설가들하고 비슷합니다. 그러나 프루스트에게 이런 에
피소드는 자체적인 의미 말고도 한층 더 깊이 있는 조명적
용도를 지니죠.

외롭고 작은 소년은 이야기를 이어가요.

스완이 내 편지를 읽고 그게 진짜 목적이라 생각한다면 내
괴로움을 얼마나 비웃었을까, 나는 혼자 생각했다.

---

11 영국 작가 컴튼 매켄지 경(Compton Mackenzie·1883~1972)이 1914년에 출간한 익살스런
   소설이다.

물론 진짜 목적은 엄마가 해주는 굿나잇 키스였죠.

나중에야 알게 된 사실이지만, 오히려 그런 종류의 괴로움이야말로 여러 해 동안 스완의 인생을 괴롭힌 고통이었다. 사랑하는 존재는 방탕한 현장[사창가] 속에 있고 자기는 그렇지 않지만, 거기에 아무런 존재의 희망도 없다는 사실을 아는 데서 오는 괴로움. 스완은 사랑의 열정을 통해 그런 괴로움을 겪어냈다. 이 열정에는 괴로움이 일종의 숙명이기도 하고, 특히 밀접하게 연관돼 있으니까.

아이에게 설득된 프랑수아즈는 편지를 받아들었고, (손님을 접대하는) 아이 엄마가 오지 않자 퉁명스럽게 말해요. "답이 없으시구나." 서술자는 말을 이어가죠.

아아! 스완 또한 그런 경험이 있었고, 제3자의 선한 의도는 스스로 만끽하는 중인 상황에서 사랑하지도 않는 누군가가 자기를 따라다닌다는 느낌에 신경이 곤두선 여자를 움직일 아무런 힘이 없다는 사실을 깨달았다.

그러고는 갑자기, 한달음에, 조용히 시작된 첫 장 도입부에서 어린 소년의 졸음 섞인 기억은 부모를 만나러 온 어느 오랜 친구의 방문을 재구성하고, 한 줄기 빛이 책의 중심 테마 위에 던져져요. 그 테마는 어느 어리석고 둔감한 여자를 향한 예민한 남자의 절망적이고 구제 불능인 열정이죠. 운명의 발자국 소리는 그 좁고 단조로운 정원을 가로질러 울려 퍼지고, 여자의 손길은 사교계를 주름잡는 그 한가한 남자의 어깨에 내려앉으며, 곧바로 가장 자연스러운 변화에 따라 가정생활을 보여주는 조용한 그림은 작품 전체를 아우르는 대단한 설계 속에서 정확한 자리에 들어맞아요.

  프루스트가 쓴 작품에는 이렇게 번쩍이는 예감의 순간들이 많고, 그런 순간순간이 덜 중요한 소설가의 운명을 만들었겠죠. 특이한 이중적 시각 덕분에 프루스트는 이를테면 스완이 옛 친구들을 만나러 가는 맛깔스럽고도 산만한 장면처럼 이야기가 펼쳐질 때만 각 에피소드에서 길을 잃었지만, 그러면서도 내내 설계에 포함된 어떤 사소한 일화도 자기한테서 달아나는 일이 없도록 주된 타래들을 손에 꼭 쥐고 있었어요. 이토록 깊은 몰입도는 오직 자연에서 천천히 익어가는 과정 같은 데에서나 얻을 수 있을 겁니다. 위대한 사색적 정신에 관해 틴들[12]은 이렇게 말했죠.

인간의 지성에는 팽창하는 힘이 있는데, 내가 창조의 힘이라 부르고 싶은 이 힘은 사실들을 그저 곰곰이 생각해보기만 해도 활동을 시작한다.

그리고 틴들이라면 이 곰곰이 생각하기는 천재가 지닌 가장 두드러진 속성의 하나이며 천재성의 정의에 가장 가까이 다가갈 수 있는 길일지도 모른다고 덧붙일 수도 있겠네요.

선택한 주제 속으로 파고들어가 그 주제가 지닌 고유한 특질들을 환히 비추는 이 능력만큼 '플롯'을 짜는 기계적 솜씨에서 거리가 먼 것도 없어요. 서둘러 마치려는 조급함도, 독자가 작가의 강조점을 놓치지 않을까 하는 두려움도, 느긋하게 흘러가는 프루스트의 내러티브에 영향을 미치거나 이정표 구실을 하도록 의도된 구절들을 부자연스럽게 돋보이게 한 적은 없었죠. 여기저기, 자기가 숲속 나무껍질에 남긴 작은 '표적blaze'[13]이면 길라잡이로 충분해

---

12 존 틴들(John Tyndall·1820~1893)은 가시광선하고 파장이 비슷한 미립자가 분산돼 있을 때 직진하는 빛이 흩어져 빛나 보이는 틴들 현상(Tyndall phenomenon)으로 유명한 영국 물리학자다.

13 길, 경계, 벌채 등을 표시하려 나무껍질을 벗기거나 새겨 남기는 자국.

요. 그리고 이런 표식도 발견하지 못할 정도로 숲을 모르는 탐험가라면 모험은 그만둬야죠.

마르셀 프루스트

톨스토이, 셰익스피어, 프루스트

폭넓은 시야에 정교하고 섬세한 필치, 곧 디테일에 관련된 간절한 열망을 결합시킨 점은 프루스트만이 지닌 천재적 특징의 하나였습니다. 그 숱한 지면은 중세식 수기 원고, 그러니까 필경사 머릿속을 종횡무진으로 돌아다니던 심상이 동네와 벌판의 일상에 바탕한 일화들로 구성된 엄숙한 복음서나 사도 서간이나 이교도적 화려함이 깃든 동물 우화집의 틀이 된 그런 원고들을 연상시켜요. 제인 오스틴도 아이러니의 간결성 면에서는 마르셀의 결혼하지 않은 이모할머니들 사이에 오간 대화나 음악을 듣고 있는 캉브르메르와 프랑퀴토의 모습에 관한 묘사 같은 부분을 뛰어넘지 못했어요.

그리고 시골 일상을 세밀히 들여다본 사례를 찾으려면

《크랜퍼드Cranford》[14]까지 되돌아가야 해요. 여기에서도 병상 신세인 옥타브 부인은 언제나 다음날이면 자리를 털고 일어날 예정이고, 광천수가 든 물병과 '경건한 그림들로 가득한' 보랏빛 벨벳 기도서를 곁에 두고 누운 채인데도 프랑수아즈가 전하는 이야기를 들어 거리에서 무슨 일이 벌어지고 있는지 다 알죠. 뇌우가 쏟아지기 직전 구필 부인이 샤토덩에서 새로 맞춘 실크 드레스를 입고 **우산도 없이** 걸어가는 모습을 본 일 같은 이야기들 말이에요!

그렇지만 독자가 이제 막 그 작은 마을의 안락한 침대 속에 유쾌하게 풀썩 파묻히려는 순간, 프루스트는 독수리 발톱으로 독자를 낚아챈 뒤 욕망과 음모의 가장 어두운 심연을 향해 던져 넣어요. 오데트를 향한 스완의 사랑과 라셀을 향한 생루의 사랑으로 천천히 고문하며 도덕적 고뇌의 가장 깊고 복잡하게 얽힌 바닥을 보여주거나, 발자크 이래 그 어떤 작품보다도 광대하고 다양한 인간 희극이 넘쳐나는 무대 위에 대단한 두 부인, 게르망트 공작 부인과 게르망트 대공 부인의 경박한 이력을 설정해 올려두

---

14 영국 여성 소설가 엘리자베스 개스켈(Elizabeth Gaskel·1810~1865)이 1853년에 출간한 쓴 사회파 소설이다.

는 식이죠. 변덕스럽기는 해도 혼란스럽지는 않은 이 무리는 여전히 귀족 중심인 사교계에서 가장 주목할 만한 유형의 사람들, 곧 위성 도시를 포함하는 '근교'의 나이 든 귀족, 부유하고 세련된 유대인(이를테면 스완과 블로크), 유명 화가, 소설가, 여배우, 외교관, 변호사, 의사, 학술원 회원, 사악한 사교계 인사, 몰락한 공작 부인, 음모를 꾸미는 속물, 촌스러운 귀부인, 그리고 현대 사회에서 가장 각양각색 희한하고 번잡스러운 무리를 형성한 그 밖의 온갖 인물들로 구성돼요.

프루스트의 작품은 별다른 수고도 들이지 않고 이 무리를 한데 모아놓은 다음 침착하게 거기에서 벗어나 콩브레의 산사나무를 묘사하거나 라셀을 처음 찾아간 마르셀을 다룬 사랑스러운 에피소드를 다루며 부드러운 필치로 마무리하는데, 이 장면에서 청년은 생루가 자기 애인을 데리러 간 사이 이제 막 꽃을 틔우기 시작한 배나무들 아래를 이리저리 거닐죠. 이 작품에 흠뻑 빠진 독자라면 프루스트가 포괄적 방식과 세부적 방식 사이에서 균형 잡는 방식을 경탄하면서 곰곰이 곱씹어봐야 해요. 도구를 능숙하게 다루는 솜씨와 표현 범위의 조합 등 소설가가 지녀야 할 타고난 자질 면에서 프루스트를 능가하는 이는 아마 지금껏 없었어요.

전문가에게는 이런 놀라운 기교를 곱씹어보는 일이 흥미롭겠지만, 프루스트를 사랑하는 독자라면 이 소설가가 지닌 가장 희귀한 특질은 기교를 넘어서서 그 위에, 암시 하나, 단어 하나, 심상 하나로 한 영혼이 스스로 짐작하는 지점을 넘어 영혼의 깊은 곳을 드러낼 줄 아는 능력에 있다는 사실을 금세 느낄 거예요. 마르셀의 할머니가 죽음을 맞는 장면을 이렇게 쓸 수 있는 작가거든요.

이제 막 희끗하게 세기 시작한 할머니의 아름다운 머리칼이 몇 시간 전에는 …… 할머니보다는 덜 늙어 보였다. 그런데 이제는 오히려 그 머리칼이 다시 젊어진 얼굴 위로 오랜 세월의 왕관을 씌워준 덕분에 고통이 만들어낸 주름들, 오그라짐, 무거움, 긴장과 이완이 얼굴에서 모두 사라져 있었다. 할머니의 부모가 어울리는 신랑감을 골라준 먼 옛날 그때처럼 할머니 이목구비에는 순수함과 온순함이 새겨져 있었고, 두 뺨은 때 묻지 않은 희망과 지극한 행복을 향한 꿈으로 빛났고, 세월이 천천히 조금씩 허물어트린 천진한 유쾌함마저 깃들어 보였다. 생명은 할머니를 떠나가면서 삶을 향한 환멸도 함께 데려갔다. 할머니 입술 위로 웃음이 내려앉은 듯했다.

마르셀 프루스트

임종 침대에서 죽음은 마치 중세 조각가처럼 할머니를 소녀로 변장시켜 뉘어놓은 듯했다.

(마르셀이 빌파리지 부인하고 자동차를 타고 가다가 마주친 그 신기한 나무들처럼) 영혼에게는 오래전부터 익숙한 어떤 장면을 보자마자 갑자기 떠오른, 표현할 길 없는 그 감정을 표현할 말을 미지의 풍경 속에서 찾아낼 수 있는 작가인 프루스트가 사랑과 죽음이라는 중요한 수수께끼들을 확신과 연민에 찬 손길로 다룬 그 순간들은《전쟁과 평화》에서 안드레이 공작의 죽음을 묘사하는 순간의 톨스토이에 비견할 만하며, 리어왕에게 '제발, 이 단추 좀 풀어주게'라는 말을 시킨 때의 셰익스피어하고 어깨를 나란히 할 만하죠.

가치 있는 모든 것

지금까지는 칭찬만 했습니다.

어떤 창의적이고 뛰어난 예술가에 관해, 특히 이제는 작업을 끝낸 예술가에 관해 쓸 때면 흠집을 뒤져 찾아내기보다는 아름다운 부분들에 머물러 되새기는 편이 언제나 더 가치 있는 법입니다. 특유의 장점이 결점을 능가하는 사례라면 결점 찾아내기는 의미가 크게 퇴색하기 마련인데, 프루스트 사례에서도 종종 그렇듯 그런 결점이 소설가의 예술에서 소리굽쇠 같은 요소라 할 도덕적 민감성에 연관돼 있다고 해도 마찬가지입니다.

프루스트 작품이 지닌 이런 특정한 흠집, 아니 결핍이라 하는 편이 나을 특징을 부인한다거나 해명하려 드는 일은 헛수고입니다. 발자크, 스탕달, 플로베르가 쓴 작품이 그렇듯 프루스트가 쓴 작품에도 분명히 맹점이 있죠. 그러나 프루스트 작품 속 맹점들이 유독 당황스러운 이유는 간헐적으로 나타나기 때문이에요. 인간 감정의 범주 전체가 자기 눈에는 보이지 않는다는 말로 일축해버릴 수도 없는 문제인데, 그전에 사각지대가 나타난 바로 그 각도에서 가장 예리한 시각이 드러나는 몇몇 순간이 분명히 있거든요.

어느 유명한 영국 비평가는 프루스트의 도덕적 감각이 작동하지 않은 장면과 온갖 인간 군상의 한층 더 악독한 면을 일부러 묘사한 (훨씬 더 흔한) 장면을 혼동하더니 겁 많은 독자들이라면 샤를뤼스를 '애써 떨쳐버리는' 간단한 방책을 써서 《잃어버린 시간을 찾아서》를 정독하며 순전한 즐거움을 찾을 수도 있다고 주장해요. 팔스타프Falstaff[15]가 등장하는 연극에서 팔스타프를 '애써 떨치라'고 제안이라도 하듯 말이죠! 사실 '노인장, 나는 당신을 모르오'라는 말로 샤를뤼스를 외면하기란 거의 팔스타프만큼이나 어려웠겠죠. 소설가가 이아고,[16] 스테인 경,[17] 필리프 브

---

15 셰익스피어가 쓴 《헨리 4세(Henry IV)》 1부와 2부, 그리고 《윈저의 즐거운 아낙네들(The Merry Wives of Windsor)》에 등장하는 허풍선이 인물이다.

16 셰익스피어가 쓴 《오셀로》 속 등장인물이다.

17 새커리가 쓴 《허영의 시장》 속 등장인물이다.

리도,[18] 발레리 마르네프[19]처럼 비열하거나 부패한 인물을 '사방에서 보이게 입체적으로' 만드는 대담한 시도는 작품 가치를 떨어트리지 않아요. 오히려 가치를 높이는 일이죠. 사악함과 잔인함이 작가 손아귀를 벗어나 탈주할 때, 사악함과 잔인함이 드리운 그림자의 캄캄함을 작가가 보지 못할 때, 그리하여 자기도 모르는 사이에 납작한 모형을 만들 때, 소설가가 자기 그림을 빈곤하게 만드는 순간은 오직 그런 때뿐이에요. 그리고 이런 실수는 프루스트도 자주 했죠. 그렇지만 샤를뤼스를 묘사할 때만큼은 실수하는 법이 없어서, 이아고나 거너릴[20]이 자기를 만든 창작자에게 그러하듯 샤를뤼스의 치욕은 프루스트에게 언제나 생생하게 존재했습니다.

주인공인 서술자가 별로 교훈적이지 못한 장면을 염탐하느라 일부러 몸을 숨긴 과정을 스스로 뿌듯해하며 설명하는 한심한 대목이 한 군데 있는데, 특유의 과민함 덕에 독자는 이미 수백 개 구절에 이르는 방대한 분량을 읽어

---

18 발자크가 1842년에 쓴 《시골 총각의 살림살이(La Rabouilleuse)》(영어판 제목은 '검은 양 (Black Sheep)') 속 등장인물이다.

19 발자크가 쓴 《사촌 베트》 속 등장인물이다.

20 《리어왕》 속 리어왕의 장녀로, 불효자의 전형이다.

알고 있는 내용이었어요. 이 에피소드를 비롯해 그렇게 감수성 면에서 갑작스러운 실수가 똑같이 두드러지는 몇몇 다른 에피소드도 별다른 상처 없이 '애써 떨쳐낼' 수 있을지도 모르죠. 그런 순간들마다 프루스트의 등장인물들은 늘 **개연성**을 잃고도 마치 형편없는 연극을 소생시키려 헛되이 애쓰는 훌륭한 배우처럼 각자 맡은 배역을 휘청거리며 수행하기 시작하니까요. 프루스트의 작품 전반에는 문자 그대로 감정 때문에 떨리는 지면들이 있죠. 그러나 도덕적 감수성이 작동하지 않으면 그 떨림과 진동은 늘 멈추기 마련이에요. 작가가 자기 작품 속 등장인물 중 하나가 저지른 어떤 행위에 담긴 비열함을 알아차리지 못하면 그 인물은 생생함을 크게 잃어버리게 되고, 그 작가는 피그말리온[21]이 하는 손짓하고는 반대로 살아 있는 존재를 다시 돌로 만들어버리죠.

뜨거운 연민으로 두근대고 인간적인 눈길을 던지는 숱한 장면들로 가득한 책 한 권에서 이런 실수들은 대체 무엇일까요? 어느 순간 그런 잘못을 저지른 바로 그 사람이 다음 순간 어떤 장면에서는 독자의 마음을 사로잡습니다.

---

21 그리스 신화에 나오는 키프로스의 조각가로, 자기가 만든 여신상하고 사랑에 빠진다.

수화기 너머로 할머니 음성을 처음 들은 주인공이 익숙한 목소리가 달라진 데 깜짝 놀라 죽음과 이별을 생각하기 시작하는 장면이나, 생루가 24시간 휴가를 받아 파리에 나타나자 자식을 끔찍이 사랑하는 어머니는 저녁 시간을 함께 보낼 생각에 처음에는 들뜨지만 아들은 그럴 생각이 없다는 사실을 직감한 뒤 마음 아파하다가 자기가 실망감을 드러내어 소중한 아들의 이기적 즐거움을 망칠지도 모른다고 자책하며 마침내 몸까지 떠는 장면 말이에요. 그리고 독자가 '아, 제발 **지금만큼은** 작가가 나를 실망시키지 않기를!' 하고 생각하는 바로 그 순간은 거의 어김없이 소설가가 추악한 장면에 무궁무진한 시의 마법을 불어넣게 되는 찰나이기도 하죠. 강풍이 불어와 오두막 문을 열어젖힌 순간의 지그문트처럼 '아무도 가지 않았는데, 누가 왔구나! **봄이 왔어**'라고 외칠 수 있도록 말이에요.

벵자맹 크레미외[22]가 프루스트에 관해 쓴 글은 그때까지 출간된 프루스트 작품을 다룬 연구 중에서 가장 깊이가 있었는데, 프루스트의 감수성 측면에서 드러난 실수라

---

22 크레미외(Benjamin Cremieux·1888~1944)는 프랑스의 비평가로, 《마르셀 프루스트 쪽으로(Du côté de Marcel Proust)》(1929)를 출간했다.

는 장애물을 발견하고는 슬쩍 피하려는 별로 신통치 않은 시도를 했어요. 이 비평가에 따르면 프루스트는 풍자를 할 때 결코 '도덕적 이상에 바탕을 두지' 않는 대신에 늘 '작가의 심리 분석을 보완'만 한다는 겁니다. 크레미외는 이렇게 덧붙이죠. "프루스트가 어쩌다 도덕적 이상에 관해 이야기하는 유일한 대목은 베르고트의 죽음을 묘사하는 부분이다." 그러고는 그 아름다운 구절을 인용하죠.

우리 삶에는 온갖 일이 벌어진다. 마치 우리가 이전 세상의 존재에서 계약된 의무들을 짊어지고 삶을 시작하기라도 한 듯. 우리가 선량하고, 도덕적으로 세심하고, 심지어 예의도 바를 의무가 있다고 느낄 만한 이 세상의 조건은 전혀 없다. 예술가도 마찬가지다. 아마 자기 육신이 구더기들에게 먹혀버릴 때에야 찬사를 받게 될 작품을 스무 번씩 고쳐가며 다시 시작할 이유 따위는 없다. …… 이 세상 삶에서는 아무런 마땅한 이유를 찾을 수 없는 그 모든 의무는 다른 세계, 그러니까 선한 것, 도덕적 가책, 희생 위에 세워진 세상, 이 세상하고는 완전히 다른 세상, 우리가 지구에 태어나면서 떠나온 세상, 누가 그러라고 시킨지도 모르는 원칙들을 내면에 품고 다닌 우리는 아마도 그곳으로 돌아가도 여기에서 복종

하던 그 미지의 규범에 또다시 지배받으며 살게 될 세상에 속한 듯하다. 모든 깊은 지성의 노고는 우리를 그 규범들에 더 가까이 데려가며, 늘 그렇지는 않지만, 그 규범들은 바보들 눈에는 보이지 않는다.

도덕적 이상을 향한 신앙 고백을 어떻게 '부수적인 것'처럼 그토록 의도적으로 도외시할 수 있는지 이해하기 어렵죠. 여기에서 인용한 부분은 프루스트가 지닌 태도 전체, 그러니까 그 장점과 단점까지 이해하는 실마리가 될 듯해요. 왜냐하면 그 '완전히 다른' 세상에서 우리에게 부여한 수수께끼 같은 '의무들' 중에서 프루스트가 한 가지, 곧 용기라는 오래된 금욕적 특질을 생략하고 있다는 사실을 알게 될 테니까요. 도덕적이든 육체적이든, 프루스트는 그 특질을 인간적 행동을 하게 만드는 주요한 동기의 하나로 전혀 인식하지 못한 듯해요. 인간을 선량하고, 연민이 있고, 자기희생적이고, 가장 섬세한 도덕적 가책에 따라 움직이는 존재라 생각할 수는 있었습니다. 그렇지만 프루스트가 본능적으로든 의식적 노력을 거치든 인간이 용감할 수 있는 존재라고 생각하지 못한 점만은 분명했어요.

두려움은 프루스트의 도덕 세계를 지배했습니다. 죽음

에 관한 두려움, 사랑에 관한 두려움, 책임에 관한 두려움, 질병에 관한 두려움, 고갈에 관한 두려움, 두려움에 관한 두려움 말이에요. 두려움은 프루스트적 세계의 확고한 지평을 형성했고, 예술가로서 지닌 예민한 기질의 견고한 경계를 설정했죠.

이렇게 이야기하다 보면 우리는 그 사람의 천재성과 그 사람의 육체적 장애 사이에 자리한 좁은 틈새를 건드리게 되는데, 이 지점에서 비판은 뒤로 물러서야만 해요. 아니면 그런 한계를 무릅쓰고 장애에 맞서 성취한 위대한 작품과 그 방대한 어휘에 관한 경탄을 바탕으로 비판을 이어가야죠.

니체가 남긴 명언이 프루스트의 묘비명으로 어울릴 듯합니다. "가치 있는 모든 것은 그런데도 성취된다."

'거의 100년 전에 나온, 소설 쓰기에 관한 책이 아직도 유효할까? 글쓰기, 특히 소설 쓰기에 도움이 될까?' 1925년에 출간된 이 책을 처음 접한 때 내 머릿속에 가장 먼저 떠오른 질문은 그랬다. 다음 순간 곧바로 '근데 그게 이디스 워튼의 조언이라면 얘기가 달라지지' 하고 자문자답했다.

여성 최초로 퓰리처상을 받은 소설 《순수의 시대The Age of Innocence》를 쓴 작가로 많이들 알고 있을 이디스 워튼. 이 정도 뛰어난 작가도 어머니 반대에 부딪혀 글쓰기 대신 빅토리아 시대 여성관에 부합하는 예법을 강제로 익혀야 했고, 사랑 없는 결혼도 해야 했으며, 본격적인 작품 활동은 마흔 즈음에야 시작할 수 있었다. 어찌 보면 놀랄 일도 아닌데, 이디스 워튼이 작품 활동을 한 20세기 초반은 여성에게 참정권도 보장하지 않는 시기였으니까.

그렇다면 그런 상황에서도 워튼이 기어이 글을 쓰게 된, 계속 소설을 쓴 비결 또는 원동력은 무엇이었을까? 워튼이 생각하는 좋은 소설의 기준은 무엇일까?

하고 싶은 뭔가를 두고 다들 '내가 해도 될까?'라는 생각부터 한다(그리고 이 질문은 그 일을 이미 하고 있는 사람에게도 주기적으로 심술궂게 찾아온다). 어떤 일을 하는 데는 타고난 자격 요건이 있다고 지레짐작하기 때문이다. 하기는 무려 소설을 아무나 쓸 수 있을 리가? 실제로 이 책에서 워튼도 '천재성'을 종종 언급한다. '영감'의 중요성도. "뭐? 소설은 천재나 쓰는 거라고? 심지어 영감을 받아서?" 성급히 되묻지는 마시라. 워튼이 천재의 가장 중요한 속성으로 꼽은 요소는 '곰곰이 생각하기'이고, '영감'은 늘 갓난아이 같은 상태로 온다고 했으니. '정신의 조용한 습관들'(사색과 집중) 없이는 천재성도 무용지물이고, 가르치고 키우지 않으면 '영감'은 저 혼자서는 아무것도 할 수 없는 존재라는 뜻이다.

한편 워튼은 소설의 좋은 주제는 그것 자체 안에 우리의 '도덕적 경험'에 빛을 던지는 뭔가가 들어 있어야 한다는 말도 했다. 지금 여기의 우리에게 의미 있는 '도덕적 경험'이란 무엇일까 다시 생각해보는 일은 100년 세월을 건너온 숙제다. 독자 입맛에 맞춰 작업하려는 마음을 '가장 음험한 유혹'이라면서 다수가 바라는 특정한 방식이 있다면 다수가 바란다는 그 이유만으로도 작가는 의구심을 품어야 한다는 충고도 나온다.

이렇게 '기술' 또는 '기법'보다는 실은 주로 소설을 쓰는 '마음'에 관한 이야기로 읽힐 법하지만, 내러티브와 대화를 각각 어떻게 활용하면 좋을지 등에 관한 조언은 글 쓰는 이에게 구체적인 도움이 될 듯하고, 윌리엄 새커리, 오노레 드 발자크, 제인 오스틴, 레프 톨스토이 등 곳곳에 등장하는 익숙한 이름이라든가 한 장 전체를 할애한 마르셀 프루스트의 《잃어버린 시간을 찾아서》에 관한 이야기는 가지를 뻗는 새로운 독서 욕구로 이어지리라 생각한다.

이 책에 담긴 내용을 하나하나 곱씹다 보면 그야말로 '완전함에 관한 권고'처럼 느껴질지도 모르겠지만, 워튼이 하는 말마따나 '완전함에 관한 권고'가 위험할 까닭은 없다. 그저 궁극적 방향, 마음속 나침반 정도로 생각하면 되지 않을까? '가치 있는 모든 것은 성취'되기 마련이니까.

인용 작품 목록

찾아보기